W0253175

ars vivendi
Krimi

WENN DER KRAMPUS ZWEIMAL KLINGELT

11 Weihnachtskrimis
aus der Oberpfalz

ars vivendi

Originalausgabe

Erste Auflage Oktober 2019
© 2019 by ars vivendi verlag
GmbH & Co. KG, Bauhof 1,
90556 Cadolzburg
Alle Rechte vorbehalten
www.arsvivendi.com

Umschlaggestaltung: FYFF, Nürnberg
Motivauswahl: ars vivendi
Coverfoto: © stgrafix/stock.adobe.com
Druck: CPI books GmbH, Leck
Gedruckt auf holzfreiem Werkdruckpapier
der Papierfabrik Arctic Paper

MIX
Papier aus verantwortungsvollen Quellen
FSC® C083411

Printed in Germany

ISBN 978-3-7472-0099-5

Wenn der Krampus zweimal klingelt

Inhalt

Hilde Artmeier

Alle Jahre wieder

»Kein Problem, Frau Elflein, gar kein Problem«, sagt Marco in seinem gutmütigen Ton, an dem er so lange gefeilt hat. »Dafür bin ich schließlich da, und Ihr Doktor, der kommt doch wegen so was gar nicht.«

»Meinen Sie wirklich?«, fragt die alte Schachtel ängstlich. »Er hat aber doch gesagt ...«

»Die Ärzte kommen nur, wenn sie kräftig dabei verdienen«, unterbricht er sie halb tadelnd, halb nachsichtig. »Was für ein Glück, dass ich gerade in der Nähe war.«

Auch das aufrichtige Lächeln erscheint wie von selbst auf seinem Gesicht. Stundenlang hat er es vor dem Spiegel einstudiert, ganz natürlich wirkt es. Prompt strahlt sie ihn an, die vertrocknete alte Kuh.

»Wenn Ihnen wieder mal schwummerig wird, Frau Elflein, dann rufen Sie mich am besten sofort an. Und ganz egal, wann, gelle?«

»Was würde ich nur machen, wenn ich Sie nicht hätte?« Stöhnend lässt sie ihren Kopf ins Kissen sinken. »Nicht einmal den Esel hab ich vorhin gehört, so schwindelig ist mir gewesen, und dabei freue ich mich doch jeden Tag auf sein Iaaa. Hab ich Ihnen eigentlich erzählt, Herr Busse, dass ich mal in einer Eselkaravane mitgeritten bin, in Tibet, und ...«

»Marco, Frau Elflein. Für Sie bin ich der Marco, schon vergessen?«, fährt er ihr wieder dazwischen, aber so sanft wie möglich. »Jetzt schlafen Sie erst mal, und morgen früh sehen wir uns wieder, in alter Frische. Oder eher in junger Frische – Sie sind ja noch taufrisch, gelle?«

Das ist selbstverständlich das Allerletzte, das er sich erhofft. Doch immerhin entlockt er ihr ein geschmeicheltes Kichern. Sind doch alle gleich, die blöden Weiber, auch wenn sie schon auf die achtzig zugehen. Eitel bis zum Gehtnichtmehr.

Er tätschelt seiner Patientin die faltige Hand, die sich wie welkes Laub anfühlt. Dank des jahrelangen Trainings unterdrückt er den aufkeimenden Ekel mühelos und sammelt dann mit Engelsmiene den benutzten Waschlappen und ein herumstehendes Glas ein. Den Füllfederhalter, der auf dem Nachtkästchen liegt, steckt er zurück in seinen Kittel, zu dem Röllchen mit den zerstoßenen Tabletten. Beides trägt er immer bei sich, zusammen mit einem gefalteten, unbeschriebenen Blatt Papier.

Drei, vier Besuche noch, dann hat er sie soweit, spätestens am dritten Advent, da ist er sicher. Danach wird er sich zwar noch ein bisschen gedulden müssen, bis er zu Teil B seines Plans übergehen kann. Aber Anfang Februar könnte es vielleicht schon klappen, während der Faschingstage. Um diese Zeit setzen alle ihre Pappnasen auf, schleppen auf dem Schwarz-Weiß-Ball eine Babylon-Berlin-Tussi ab, und niemanden interessiert's, was in der Straße nebenan geschieht. Überall ist das so. Auch hier in Straubing, dieser miefigen Kleinstadt in Niederbayern, wo die Leute noch neugieriger sind als anderswo.

Pfeifend packt Marco auch seine restlichen Utensilien in den Koffer mit der Aufschrift »Care & Co, Ihr Pflegedienst rund um die Uhr« und lässt die Jalousien noch ein wenig weiter herunter. Die Nachbarhäuser am Bärenweg liegen zwar in einiger Entfernung, trotzdem weiß man nie, wer vielleicht drüben am Moosmühlbach spazieren geht, sogar bei dieser eisigen Dezember-Kälte. Draußen dämmert es, das Haus aber ist hell erleuchtet, mit all den Lichterketten, blinkenden Sternen und dem ganzen sonstigen Adventsfirlefanz. Da sieht man nun mal genau, was sich hier drinnen abspielt.

Ganz allein wohnt die Alte in der Riesenvilla, vollgestopft mit ihrem antiken Zeug, auf das sie so stolz ist. Hier im Schlafzimmer das geschmacklose Himmelbett aus Mahagoni, draußen auf dem Korridor die Schelllacktischchen mit Intarsien, im Treppenhaus Gobelins und handgeknüpfte Teppiche aus aller Welt, und in den Vitrinen im Erdgeschoss haufenweise Silberbesteck und Meissener Porzellan.

Marco hat keine Ahnung, wie die alte Hexe es angestellt hat, ausgerechnet hier eine Baugenehmigung zu bekommen, so nah beim Tiergarten. Als ihr Mann noch lebte, hat sie mit ihm und dem Sohn hinterm Stadtplatz gewohnt. Als viel zu junge Witwe, hat sie Marco neulich erzählt, wollte sie jedoch unbedingt hierher. Vielleicht hatte sie damals ja ein Techtelmechtel mit dem Bürgermeister und hat ihn bezirzt. Ihr Dialekt ist zwar noch schlimmer als der hiesige, sie stamme aus der nördlichen Oberpfalz, hat sie Marco schon mehrfach erzählt. Mit den vollen Lippen und dem manchmal noch ziemlich kecken Augenaufschlag muss sie in ihren früheren Jahren trotzdem eine heiße Schnalle gewesen sein.

Von nichts anderem als den blöden Viechern faselt sie sonst bei Marcos täglichen Besuchen, die normalerweise nur während eines Dreißig-Minuten-Zeitfensters am Vormittag stattfinden. Von Eulen und Singvögeln, von Zebras und Kamelen, sogar von Alligatoren, Löwen und Bären säuselt sie, bis es ihm zu den Ohren rauskommt. Die Braunbären, sagt sie, fehlen ihr am meisten, seit sie nicht mehr raus darf, früher hat sie wohl ganze Tage im Straubinger Zoo verbracht. Was kann man an einem so zotteligen Biest bloß schön finden?

»Dann gehe ich mal in die Küche«, sagt Marco leutselig und klappt den Koffer zu. »Da räume ich noch schnell die Spülmaschine ein und dann bringe ich Ihnen Ihre Abendmilch, gelle?«

»Aber bitte mit mehr Honig als neulich«, mäkelt sie, sagt dann jedoch freundlicher: »Trotzdem ist es lieb von Ihnen, dass Sie reingeschaut haben.«

Es gehört zwar nicht zu seinen Pflichten, sich auch noch um ihren Haushaltskram zu kümmern. Ihr Sohn, der sich seit Marcos erstem Besuch noch kein einziges Mal hat blicken lassen, hat nämlich nur die Grundversorgung gebucht: Hilfe beim täglichen Waschen, bei der Körperpflege und beim Anziehen, siebenmal die Woche. Der lange Lulatsch vom hiesigen »Essen auf Rädern« kommt immer kurz vor Mittag, die Putze nur alle zwei Wochen. Trotz Parkinson ist die alte Schachtel ja noch erschreckend gut zu Fuß.

Aber das wird sich bald ändern. Außerdem gehört es nun mal zu Teil A seines Plans, dass Marco sich in jeder Hinsicht unentbehrlich macht.

»Den Einkaufszettel lassen Sie bitte liegen«, hört er die Alte mit erschöpfter Stimme sagen, als er schon an der Tür ist. »Luna hat mir versprochen, dass sie später noch kurz vorbeischaut. Und noch einmal danke für alles, Herr Buss... Marco, also gut. Sie sind wirklich ein Schatz.«

Na, wer sagt's denn.

Zufrieden verlässt er das Schlafzimmer, das nach Alter und viel rascher voranschreitender Krankheit riecht, als die alte Hexe ahnt.

Als Marco die steile Holzstiege hinabsteigt, denkt er an Luna. Die kleine Chaotin mit den verlausten Rastazöpfen ist der einzige Faktor in seinem hübschen Plan, den er nicht einkalkuliert hat. Aber sicher wird ihm bald einfallen, wie er sie aus dem Weg räumen kann. Bisher hatte er schließlich immer eine gute Idee für Unvorhergesehenes. Das Einzige, das er dafür braucht, ist ein wenig Geduld.

*

Die Fütterungszeit ist längst zu Ende. Luna sammelt die abgenagten Knochen auf, wirft sie in die Schubkarre in der Ecke und spritzt das Innengehege mit Wasser aus. Boden, Wände, Nischen, die künstlich aufgebauten Felsen, die aussehen wie echt, alles säubert sie akribisch. Dabei achtet sie darauf, Bruno und Karla, die immer wieder ihre Tatzen durch die Gitterstäbe strecken, auf keinen Fall mit dem Strahl zu treffen. Das können sie nämlich auf den Tod nicht leiden.

»Bin gleich fertig«, ruft sie ihnen zu und versucht, mit der freien Hand die dicke Strickjacke zuzuknöpfen, durch das Gitter zieht es eisig herein. »Saukalt draußen, ich weiß ja, auch für zwei so süße Kuschelbären wie euch.«

Karla knurrt zustimmend. Bruno schlägt mit der Pranke gegen die Stäbe, dass es nur so kracht, dann trollt er sich mit beleidigtem Gebrüll in den vorderen Teil des Freigeheges. Seit Tagen hat es minus fünf Grad, in der Nacht weit unter minus zehn. Braunbären kommen zwar mit solchen Temperaturen durchaus zurecht, haben aber ihre Gewohnheiten. Und jetzt wollen sie nun mal rein.

Schnell beseitigt Luna die letzten Urin- und Blutspritzer. Sauberkeit sei in der Tierpflege das A und O, hat die Chefin ihr gestern zum x-ten Mal erklärt – ausgerechnet während der Weihnachtsfeier, die wie in Lunas erstem Ausbildungsjahr wieder am Samstag vor dem vierten Advent stattfand –, Sauberkeit und Zuverlässigkeit. Schließlich sei der Straubinger Tiergarten in ganz Ostbayern berühmt. In einem Vorzeigebetrieb wie diesem müsse alles vorbildlich laufen, wirklich alles, wegen der Außenwirkung für die Stadt, für den Landkreis, für Blablabla. Dann natürlich der Punkt Sicherheit. Für die Besucher, für das Team, und ganz speziell – das hat sie mit erhobenem Zeigefinger gesagt – natürlich für Luna. Schaufeln, Bürsten, jedwedes Werkzeug, einfach alles gehöre an seinen Platz. Wenn sie Luna im Übrigen noch ein einziges Mal ermahnen müsse, wegen der kleinsten Unachtsamkeit, oder wenn ihr sonst irgendetwas zu Ohren käme, nun ...

Was die sich rausnimmt, grollt Luna, während sie sich mit dem Schlauch abmüht. Als er endlich aufgerollt ist und sie die Rolle aus dem Gehege zerrt, läuft am Ende Wasser heraus und versaut ihr Finger, Strickjacke, Hose. Genervt wischt sie sich die Hände an der Jeans ab und zieht das Mobiltelefon aus der Vordertasche. Trocken geblieben, zumindest das. Die Uhr im Handy zeigt an, dass ihre Schicht bald zu Ende ist.

Eigentlich stammt sie ja aus Tirschenreuth und wollte nie nach Niederbayern. Aber die Ausbildung hier ist ihr Traumjob. Luna liebt Tiere über alles, und sogar Steppenwolf, ihren Bernhardiner, der sich wie immer irgendwo zum Pennen hingelegt hat, darf sie mit in die Arbeit bringen. Außerdem ist sie viel an der frischen Luft und begegnet ständig neuen Menschen, darunter oft Kinder mit Oma oder Opa im Schlepptau. Die alten Leutchen mag Luna besonders gern. Und deshalb muss sie irgendwie mit dieser Bitch von Chefin klarkommen.

Luna überlegt. Sie muss noch ins Raubtierhaus, dann zu den Pinguinen, und wenn sie dort fertig ist, mit dem Radl zum Supermarkt. Für Frau Elflein will sie Anissterne und Dominosteine kaufen, die isst sie doch so gern. Für sich selbst Brot, Käse und Milch, vielleicht noch zwei Packungen Schokolebkuchen. Die sind zwar nicht ganz billig, aber bald ist schließlich schon Heiliger Abend.

Luna freut sich auf den Besuch bei der alten Dame. Wie glücklich sie jedes Mal ist, wenn sie Lunas Neuigkeiten aus dem Tiergarten zu hören kriegt. Im Gegenzug lauscht sie Frau Elfleins Erzählungen von früher. Als ihr Sohn noch nicht in Salzburg lebte, wo er eine Kunstgalerie betreibt, und als sie noch auf Reisen gehen konnte, meist in Länder, wo es exotische Tiere gab. Dazu naschen sie und Luna belgische Schokolade, unter dem großen roten Weihnachtsstern auf dem Diwan im Salon, und trinken original Englischen Tee aus echten Meissener Porzellantassen. Oft schwärmen sie auch von der gemeinsamen Heimat in der nördlichen Oberpfalz, nach der sie beide ein wenig Heimweh haben.

Wieder brüllt Bruno, dann auch Karla. Es wird höchste Zeit, dass sie die beiden reinlässt.

Rasch schiebt Luna die Schlauchrolle in die dafür vorgesehene Ecke, verriegelt die Tür zum Innengehege per Knopfdruck und drückt auf die Automatik für das Gitter zwischen Innen- und Außengehege. Als dieses surrend in der künstlichen Felsenwand verschwindet, muss sie an Frau Elfleins seltsame Schwindelanfälle denken. Die hatte sie früher überhaupt nicht, und Luna kennt sie immerhin schon seit bald anderthalb Jahren.

Neulich ist die alte Dame vor der Toilette sogar ohnmächtig geworden. Nur mit Müh und Not, hat sie ihr erzählt, hat sie es erst auf den Diwan geschafft und nach einer Verschnaufpause hinauf ins Bett. Wenn ihr das auf der Treppe passiert wäre, sie hat oben ja keine Toilette, nicht auszudenken ...

Bruno wuchtet seinen massigen Körper in das Innengehege und grunzt zufrieden. Karla folgt ihm, wobei ihre zentimeterlangen, messerscharfen Krallen über den Boden kratzen, und brüllt wieder aus Leibeskräften. Dieses Mal klingt es nicht anklagend, sondern triumphierend.

Warum der Hausarzt seit dem Vorfall bei der Toilette nicht einmal nach Frau Elflein gesehen hat, kann Luna sich nicht erklären. Stattdessen hängt seit Neuestem ständig dieser schmierige Typ bei ihr rum, dieser Marco. Neulich in der Mittagspause hat sie sich die Website seines Pflegedienstes angesehen. Auf den Fotos hätte sie ihn erst gar nicht erkannt, im sauteuren Anzug am Computer in einem megamodernen Büro, dazu die vielen lächelnden Angestellten. Supernobel alles.

Die Filiale in Straubing hat Marco Busse, wie der eklige Typ mit vollem Namen heißt, erst vor drei Monaten gegründet. Auch in Aachen hat er eine Niederlassung, hat Luna gelesen, in Cottbus, im Taunus und zwei Filialen an der Ostsee, eine in Rostock und die andere in einem Ort, von dem sie noch nie gehört hat. Komisch irgendwie. Wenn der sich sonst nur mit Verwaltungskram beschäftigt – auf der Homepage hat es geheißen, dass er der Geschäftsführer ist –, warum wechselt er den Patienten in Straubing dann höchstpersönlich die Windeln?

Das Handy läutet.

Verstohlen sieht Luna sich um. Sven müsste gerade bei den Vogelkäfigen sein, der Obermaier im Streichelzoo und die Chefin im Büro. Die kriegt garantiert die Krise, wenn sie hört, dass Luna während der Arbeitszeit telefoniert. Sicherheitshalber dreht sie sich also so, dass niemand, der plötzlich um die Ecke biegt, sie sehen kann.

»Elflein«, sagt eine sonore Männerstimme. »Karl Elflein, ich rufe aus Salzburg an. Spreche ich mit Luna?«

Der Sohn der alten Dame, jetzt erst erkennt Luna seine Stimme wieder. Vor ein paar Tagen hat sie ihn angerufen, gegen Ende klang er ziemlich genervt. Und dabei wollte sie ihm doch nur verklickern, dass seine Mutter sich wie ein

Honigkuchenpferd freuen würde, wenn er sich an Weihnachten vielleicht doch kurz blicken ließe. Luna überlegt, ob sie ihm von den Schwindelanfällen erzählen soll. Aber da spricht er schon weiter.

»Mir ist zu Ohren gekommen, dass meine Mutter ihr bestes Silberbesteck vermisst. Wissen Sie etwas darüber?«

»Silberbesteck? Äh …«

»Zwölfteilig und ziemlich wertvoll. Ist es möglich, dass Sie das Besteck bei Ihrem letzten Besuch eingesteckt haben? Wie ich höre, sind Sie immer knapp bei Kasse.«

»Wie bitte?«

»Damit Sie mich richtig verstehen: Sollte das Besteck nicht umgehend wieder an seinem Platz auftauchen, sehe ich mich gezwungen, die Direktorin des Tiergartens zu informieren. Schließlich muss sie wissen, welchem Diebesgesindel sie ihre Tiere anvertraut. Und außerdem möchte ich, dass Sie sich in Zukunft von meiner Mutter fernhalten. Haben Sie das verstanden?«

»Aber …« Luna begreift nicht, was das auf einmal soll. Nur, dass es ihm bitter ernst ist mit seinen Drohungen. »Sie hat doch sonst niemanden, ich meine, wer kauft denn dann für sie ein, und überhaupt …«

»Das lassen Sie mal meine Sorge sein.«

Es knackt in der Leitung, die Verbindung ist unterbrochen.

»Hi, Luna«, hört sie Sven rufen. »Schau mal, was ich hier hab!«

Svens Klappergestell taucht unweit der Stelle auf, wo Steppenwolf liegt. Der Bernhardiner erhebt sich schwerfällig, lässt sich mit wedelndem Schwanz streicheln und plumpst wieder zu Boden. Man sieht es ihm nicht an. Aber wenn es hart auf hart käme, würde er seine Herrin bis zum letzten Blutstropfen verteidigen.

»Den hab ich vorn beim Büro gefunden«, sagt Sven und hält einen abgeschabten Lederrucksack in die Höhe, was ein klirrendes Geräusch verursacht. »Gut, dass die Chefin ihn nicht gesehen hat, die wäre sonst bestimmt wieder ausgeflippt. Warum lässt du eigentlich ständig alles rumliegen?«

»Ist nicht meiner.«

»Steht aber dein Name drauf.«

Luna streckt die Hand aus. Tatsächlich – auf einem Aufkleber hat jemand ihren Namen notiert, in großen Druckbuchstaben.

Irritiert öffnet sie den Klickverschluss und inspiziert den Inhalt. Das Klirren stammt von Messern, Gabeln und Löffeln, alles aus purem Silber.

Mit einem Liedchen auf den Lippen rührt Marco einen Löffel Honig in die heiße Milch und legt ihn zur Seite. Dann aber nimmt er ihn wieder, kratzt noch mehr Honig aus dem Glas und rührt auch diesen in die Tasse. Endlich hat er die Testamentsänderung in der Tasche. Das Original liegt im Sekretär im Salon, wo es der Sohn aus Salzburg zu gegebener Zeit sofort sehen wird, und eine Kopie im Safe bei Marcos Bank.

Vorhin hat die Alte ihn so komisch angeguckt und gefragt, ob vielleicht *er* ihr Mobiltelefon gesehen habe, ein Geschenk ihres Sohnes. Das Festnetztelefon ist eins mit Kabel und im Erdgeschoss installiert – unfassbar, dass es heutzutage so etwas überhaupt noch gibt, andererseits natürlich hervorragend für Marcos Zwecke, weil sie damit nicht ohne Weiteres telefonieren kann. Wenn sie oben im Bett liegt, was in letzter Zeit ja immer häufiger der Fall ist, kommt sie da nicht ran. Zum Glück hat sie ihm dann aber doch geglaubt, dass die Putzfrau das Smartphone irgendwo hingelegt haben muss.

Lange wollte die alte Ziege nichts von einer Testamentsänderung wissen, trotz der Engelszungen, mit der Marco sie dazu bewegen wollte. Schließlich hat sie aber doch begriffen, dass ihm die Fünfzigtausend praktisch zustehen, so rührend wie er sich immer um sie kümmert. Bei jedem Anruf steht er auf der Matte, selbstverständlich auch außerhalb seiner Dienstzeiten, und auch sonst schaut er immer mal herein, sei es auch nur für ein Schwätzchen, und erledigt Liegengebliebenes. Und jeden Tag bereitet er ihr den Abendtrunk, ohne Ausnahme.

Der Rest hat wie am Schnürchen geklappt. Der Sohnemann hat anstandslos alles geschluckt, was Marco ihm beim letzten Telefonat in besorgtem Ton erklärte. Er werde der Sache nachgehen, hat der Salzburger versprochen, und entsprechende Schritte einleiten. Die Rotzgöre Luna ist Marco jetzt jedenfalls los.

Er wirft einen Blick durchs Küchenfenster. Draußen ist es schon ziemlich dämmrig, keine Spaziergänger am Moosmühlbach in Sicht. Am Vorabend zum vierten Advent sitzen sie alle im trauten Heim, saufen Glühwein mit Rum, Eierlikör, Baileys oder sonst ein perverses Zeug und freuen sich aufs Christkind. Dennoch lässt er die Rollos diesmal ganz herunter, man weiß ja nie. Dann holt er das Röllchen mit den zu Pulver zerstampften Schlaftabletten aus dem Kittel, kippt es in die Tasse und rührt kräftig um.

Jeden Tag erhöht er die Dosis nur um ein winziges bisschen. So kommt der Hausarzt nicht auf dumme Gedanken. Da die Alte das Handy nicht mehr findet, das Marco gut versteckt hat, kann sie den Arzt zwar ohnehin nicht verständigen. Aber manchmal schaut er doch einmal vorbei, als alter Bekannter ihres verstorbenen Mannes. Andererseits, ist ja normal, dass eine Parkinson-Patientin – vor allem, wenn sie so betagt ist wie die alte Schachtel – das Bett hütet, weil ihr ein bisschen schwindelig ist.

Egal, ob in Aachen oder Cottbus, im Taunus oder an der Ostsee – alle Jahre wieder findet Marco ein geeignetes Opfer. Und da er ebenso erfinderisch wie umsichtig ist – nur selten greift er auf ein und dieselbe Methode zurück –, hat bisher noch jeder Arzt am Ende den Totenschein ausgestellt. Ist ja schließlich normal, dass bettlägerige Menschen in hohem Alter irgendwann das Zeitliche segnen, sei es wegen Herzproblemen, sei es wegen plötzlichem Atemstillstand.

Auch hier in Straubing hat Marco sofort den richtigen Riecher gehabt. Die alte Schachtel ist gutgläubig und vertrauensselig, vor allem aber schwimmt sie in Geld und hat kaum noch soziale Kontakte in unmittelbarer Nähe. Bis auf die blöde Göre aus dem Zoo. Aber für die ist ja jetzt gesorgt.

Als Marco die Tasse auf das Tablett stellt, läutet es ungeduldig an der Tür.

Wer ist das denn noch – um diese Uhrzeit?

Unwirsch stapft er zur Haustür, reißt sie auf. Die kleine Chaotin glotzt ihn aufmüpfig an. Das speckige Haar hat sie unter der Kapuze ihres ausgeleierten olivgrünen Parkas versteckt, und wie immer sitzt das Ungetüm von Hund neben ihr.

»Ich will mit Frau Elflein sprechen«, sagt sie in frechem Ton, über der Schulter den Rucksack, den Marco nur allzu gut kennt. »Wenn's recht ist.«

»Die schläft schon«, antwortet er, so perplex, dass er sogar seine so oft geübte Herzlichkeit vergisst. Warum steht die Göre denn jetzt hier anstatt im Büro ihrer Chefin?

»Um halb fünf?« Skeptisch mustert sie ihn und stellt einen Fuß in die Tür, der Köter beginnt zu knurren. »Es ist echt megawichtig und ...«

»Sie hat sich nicht wohl gefühlt und sich hingelegt«, unterbricht er sie, eine Spur freundlicher, »und sie wollte auf keinen Fall gestört werden. Also dann, tschüss.«

Aber das verlauste Drecksstück bewegt sich keinen Zentimeter. Erst kaut sie auf der Unterlippe, dann knallt sie Marco den Rucksack vor die Füße. Das Silberbesteck, das noch gestern in der Vitrine nebenan lag, scheppert provokant.

»Geben Sie ihr das bitte.« Sie streicht dem Monsterhund über den massigen Kopf. »Steht zwar mein Name drauf, gehört mir aber nicht. Morgen komme ich wieder und erkläre ihr alles, okay?«

Ohne Gruß macht sie auf dem Absatz kehrt.

Er starrt ihr nach mit zusammengekniffenen Augen, und schließt langsam die Tür. Offenbar hat er sie unterschätzt. Nun gut, dann wird er schwerere Geschütze auffahren müssen.

Weihnachten ist zwar eigentlich zu früh, denkt Marco, als er mit dem Tablett schließlich die Treppe hinaufsteigt. Er wollte ja bis Fasching warten, damit nicht ausgerechnet er in Verdacht gerät, falls die Testamentsänderung mit Datum im Dezember doch jemandem auffallen sollte. Andererseits wird der Hausarzt am Heiligen Abend noch weniger genau hinschauen als sonst, in seiner glühweinumnebelten Stille-Nacht-Heilige-Nacht-Duseligkeit. Und der Sohnemann in Salzburg wird erst recht keine Fragen stellen. Für jemanden, der eine Protz-Villa und zwei Millionen erbt, sind Fünfzigtausend doch nur Peanuts.

*

Luna ist nervös. Seit gestern Abend ist sie nervös wie lange nicht. Schlecht geschlafen hat sie auch, die amerikanischen

Christmas-Songs im Radio mag sie sowieso nicht mehr hören, und jetzt auch noch Steppenwolf ...

Erst der Anruf aus Salzburg, dann das Silberbesteck, das ihr offenbar jemand unterjubeln wollte, und mit Frau Elflein konnte sie auch nicht reden. Sie muss die alte Dame davon überzeugen, dass sie nichts mit dem geklauten Besteck zu tun hat. Wenn ihre Chefin von dieser blöden Geschichte erfährt, ist Luna ihren Job los.

Irgendwie kann sie nicht begreifen, dass ausgerechnet die liebe alte Dame ihrem Sohn ein solches Lügenmärchen aufgetischt hat – andererseits, wie sonst wäre er auf den Gedanken gekommen, Luna hätte sich das Silberzeug unter den Nagel gerissen? Ob dieser eklige Marco etwas damit zu tun hat? Wie er Luna gestern angepflaumt hat – mit dem stimmt doch was nicht.

Aber dazu später. Erst einmal muss sie sich um Steppenwolf kümmern.

Heute ist der vierte Adventssonntag und Lunas freier Tag. Eigentlich wollte sie mit ihm raus, damit er sich endlich mal nach Herzenslust austoben kann. Ihr Zuhause ist ja nur ein alter Campingwagen und ziemlich beengt. Dank Svens Fürsprache darf Luna ihn den Winter über im Wäldchen beim Tiergartengelände abstellen, im Frühjahr kann sie sich hoffentlich ein, zwei Zimmer hinterm Stadtplatz leisten.

Im Lauf des Vormittags ist Steppenwolf aber immer komischer geworden. Als sie sich mit ihrem Käsebrot an den Klapptisch gesetzt hat, hat er nicht wie sonst herumgewinselt, damit sie ihm ein Stückchen davon abgibt. Nein, kaum einen Muckser hat er gemacht, nur dann und wann gejault zum Erbarmen. Auch getrunken hat er nichts, seit der Schüssel am Morgen keinen einzigen Tropfen mehr.

Ständig hat er nur auf seiner Decke gelegen und das Letzte, das er wollte, war raus an die frische Luft.

Sie hat sich das Hirn zermartert, ob er vielleicht etwas Falsches gefressen hat, hat ihn warm zugedeckt, ihm wieder was zu trinken angeboten. Aber nichts hat geholfen, und seit ein paar Minuten bewegt er sich gar nicht mehr. Sein Herz schlägt so schnell, dass sie mit dem Zählen kaum noch mitkommt.

Er muss zum Arzt. Sie hat zwar keine Ahnung, wie sie das bezahlen soll, aber das ist jetzt Nebensache. Bloß, wie soll sie den schweren Kerl transportieren? Zwei Zentner wiegt der Steppenwolf, mindestens, und sie hat ja nur das Radl.

Zum hundertsten Mal nimmt sie das Handy vom Klapptisch, tippt auf die Wahlwiederholung. Aber wieder meldet sich nur Svens Mailbox, auf der sie eine weitere verzweifelte Nachricht hinterlässt. Sie fasst sich ein Herz und gibt Doktor Hofers Nummer ein, sie kennt ihn aus der Arbeit. Doch auch da erreicht sie niemanden.

Plötzlich fällt ihr die Schubkarre ein, die für die Fütterung im Tiergarten. Warum hat sie nicht schon früher daran gedacht?

»Bin gleich wieder da«, murmelt sie Steppenwolf zu und streicht ihm durchs Fell. Aber sie ist nicht sicher, ob er die Berührung überhaupt noch spürt. Aus seinen Lefzen tropft gelblicher Schleim.

Mit zitternden Fingern steckt sie den Schlüssel für den Tiergarten ein, knallt die Tür hinter sich zu, rennt durch das Wäldchen, hält schwer atmend beim Seitentor, steckt den Schlüssel ins Schloss. Hoffentlich begegnet ihr der Obermaier nicht. Der hat heute Dienst – wenn man mit Tieren arbeitet, gibt es keine Feiertage – und würde dann garantiert wissen wollen, was sie hier zu suchen hat.

Luna hält sich im Schatten der Büsche und Bäume, als sie zum Geräteschuppen läuft. Um diese Jahreszeit sind sie zwar alle entlaubt, aber zum Glück hängen die Wolken so tief, dass es ohnehin ziemlich duster ist.

Warum die Chefin den Obermaier nicht längst gefeuert hat, kapiert Luna sowieso nicht. Nicht nur, dass er aussieht, als würde er einen Kinderpornoring im Darknet betreiben. Wenn der zu viel von seinem Flachmann intus hat, hält er nie die vorgeschriebenen Futtermengen ein. Bruno und Karla können es gar nicht leiden, wenn ihre Fleischration wieder mal zu mickrig ausfällt. Sogar Luna, die Einzige im Tiergarten, die die beiden in ihre Nähe lassen, muss dann aufpassen, dass sie nicht in die Reichweite ihrer Pranken kommt.

Als Luna an der Tür zum Geräteschuppen stehen bleibt und nach Luft schnappt, fallen ihr auf einmal die Amselfedern ein, die an Steppenwolfs Läufen geklebt haben. Am frühen Morgen, als er vom Pinkeln zurückgekommen ist. Ob er einen Vogel erwischt und gefressen hat? Schwer zu glauben, Vögel sind viel zu schnell. Aber vielleicht war die Amsel ja krank und hat irgendwo am Boden gelegen. Luna könnte heulen.

Die Schubkarre ist nicht da, wo sie sein sollte. Panisch sucht Luna den ganzen Schuppen ab, von vorne bis hinten und wieder zurück. Aber das Teil ist einfach nirgendwo zu finden.

Da fällt es ihr ein. Dieser blöde Rucksack hat sie gestern so durcheinandergebracht, dass sie die Karre im Bärenkäfig gelassen hat. Als Sven mit dem Rucksack angerückt ist, waren die Bären ja schon wieder im Innengehege. Hoffentlich haben Bruno und Karla sie nicht schon auseinandergenommen.

Wieder ist Luna völlig außer Atem, als sie kurz darauf beim Bärengehege ankommt, und vom Laufen ist ihr so warm geworden, dass sie die Kälte gar nicht spürt. Ein Stein fällt ihr vom Herzen. Die Karre ist noch ganz.

Es dauert eine halbe Ewigkeit, bis sie das Bärenpaar ins Freigehege gelockt, das Gitter hinter ihnen heruntergelassen, die Schubkarre herausgeholt und das Gitter wieder geöffnet hat. Sie bugsiert die schwere Karre aus dem Bärenhaus, ruft ein zweites Mal beim Tierarzt an.

Dieses Mal hebt er ab und klingt fast so hektisch wie sie selbst. Aber gut, er will eine Ausnahme machen, trotz Kindergeburtstag, viertem Advent und einem Zahlungsziel in fernster Zukunft. Treffpunkt in einer halben Stunde in seiner Praxis. Wenn er jetzt vor ihr stünde, würde Luna ihm glatt um den Hals fallen.

Alle fünf Minuten guckt Marco aus dem Dachfenster der Villa. Von hier oben kann er bis zu der Stelle sehen, wo die Behausung der Drecksgöre steht, ein ausrangierter, uralter Wohnwagen.

Es ist Viertel vor vier, als sie dort wieder auftaucht und kurz darauf in Richtung Stadt verschwindet, mit dem Mistköter auf der Schubkarre, die sie aus dem Tiergarten geholt haben muss.

Hastig, aber so gut wie lautlos steigt Marco die Treppe in den ersten Stock hinunter, horcht an der Tür zum Schlafzimmer der Alten. Alles ruhig.

Er holt einen mit Öl getränkten Lappen hinter der Wand des Bücherschranks am Korridorende hervor, reibt damit über die obersten Stufen der Treppe, die ins Erdgeschoss führt, steckt den Lappen in eine Plastiktüte und diese in seine Hosentasche. Nach einem Riesenschritt über die jetzt gefährlich rutschigen Stufen schleicht er hinunter, zieht seinen Mantel über, öffnet die Eingangstür und schließt sie hinter sich, so behutsam, dass nicht einmal das leiseste Knarren zu hören ist.

Als er aus der Einfahrt fährt, in seinem grasgrünen Firmen-Golf, bemüht er sich nicht mehr, leise zu sein. Im Gegenteil, er lässt den Motor röhren, drückt im Bärenweg mehrmals auf die Hupe und bremst so scharf, als würde er Rücksicht nehmen auf die Nachbarskatze, bei deren Anblick er sonst immer Gas gibt. Gewiss wird irgendjemand sich daran erinnern, um welche Uhrzeit der Herr Busse weggefahren ist, der sich so aufopfernd um die alte Frau Elflein kümmert.

Ein paar Ecken weiter stellt er den Wagen ab, steigt aus, marschiert an Vorgärten vorbei, in denen bis auf ein paar blinkende Advents-Lichterketten alles trübgrau ist. In einer knappen halben Stunde sollte es eigentlich erst dämmern. Aber schon jetzt ist es so dunkel, als wäre bald Nacht.

Der Fußweg zum Wäldchen dauert länger als gedacht. Trotzdem wird die Göre noch nicht zurück sein, wenn er vor ihrem Wohnwagen steht, der Weg zum Tierarzt ist weit. Solange der Köter noch im Campingwagen war, wollte Marco nichts riskieren.

Endlich erreicht er das Wäldchen. In der Ferne sieht er schon sein Ziel, am Ende des Parkplatzes. Saukalt ist es mal wieder. Bei jedem Schritt knarzt der gefrorene Boden unter seinen Sohlen. Für seine nächste Filiale – und das nächste Opfer – wird er sich in einem wärmeren Teil Deutschlands umsehen, soviel ist sicher.

Irgendwo in der Nähe schreit jemand wie verrückt, das scheint vom Tiergartengelände zu kommen. Marco bleibt kurz stehen, kann aber kein Wort verstehen. Er streift sich die Handschuhe über, steckt beide Hände in die Manteltaschen und stapft weiter.

Den Dietrich wird er wohl gar nicht brauchen, die kleine dumme Gans war so durch den Wind, dass sie wahrscheinlich nicht mal abgesperrt hat. Er befingert den Ring in der rechten Manteltasche, der in einem Plastikbeutelchen steckt. Eigentlich schade drum. Aus purem Gold ist er, mit einem riesigen Rubin, umgeben von blitzenden Diamanten. Selbst auf dem Schwarzmarkt würde er ein paar Tausender dafür kriegen.

Es raschelt im Gebüsch, wahrscheinlich ein Eichhörnchen. Dann knackt ein Ast. Muss doch etwas Größeres sein, ein Fuchs vielleicht. Halten die nicht Winterschlaf?

Der Sohnemann aus Salzburg ist mächtig erschrocken, als er bei Marcos erneutem Anruf erfahren musste, dass schon wieder etwas Wertvolles verschwunden ist. Er hat ganz von selbst begriffen, dass er die Polizei einschalten muss, falls der Ring nicht wieder auftaucht. Bis morgen früh will er noch warten.

Marco grinst in sich hinein. Sobald die Bullen den Ring im Wagen der Göre und später die Alte finden, mit gebrochenem Genick vor dem Klo – er weiß, dass sie jede Nacht mindestens zweimal aufstehen muss –, werden sie eins und eins zusammenzählen. Natürlich wird ihnen auffallen, dass die Stufen am oberen Treppenabsatz rutschig sind. Im Gegensatz zu Rostock, vier Jahre ist das jetzt her, wird Marco dieses Mal alles so lassen, wie es ist.

Selbst wenn die Polizei vom Zusatz im Testament der Alten erfahren sollte – dank der Sache mit dem Ring wird niemand den netten Herrn Busse verdächtigen. Vorsorglich wird Marco auch das mit dem Besteck erwähnen, ganz nebenbei natürlich nur. Mit etwas Glück sind auf dem Silber sogar die Fingerabdrücke der Göre drauf, auf dem Rucksack sind sie aber in jedem Fall.

Endlich steht Marco vor dem Wohnwagen, die Tür ist tatsächlich nur angelehnt. Er stößt sie auf.

Etwas Schweres stampft hinter ihm, kommt zügig näher.

Er wendet halb den Kopf, sieht etwas Zotteliges, Großes auf sich zupoltern. Schwarze Knopfaugen tauchen vor ihm auf, und als Letztes hört er ein tiefes, zufriedenes Brummen.

»Keine Sorge«, sagt der Tierarzt und legt Luna mit einem Augenzwinkern die Rechte auf den Arm. »Das war zwar knapp, aber deinen Steppenwolf kriegen wir wieder hin. Ich sag ja immer, auch Tiere haben einen Schutzengel. Und nur so nebenbei, liest du eigentlich Hermann Hesse?«

Luna ist so erleichtert, dass sie ganz zu nicken vergisst. Schluchzend fällt sie dem Glatzkopf mit dem gemütlichen Bäuchlein nun doch um den Hals. Nicht einmal die Tatsache, dass sie Steppenwolf hier lassen muss – mindestens zwei Tage, hat der Doktor Hofer gesagt –, macht ihr etwas aus. Eines der drei kleinen Mädchen, die er als Verstärkung mitgebracht hat, schenkt ihr zwei klebrige Bonbons. Die Kleine hat einen Sahnetortenmund und trägt rosafarbene Spangen und eine Prinzessinnenkrone im Haar.

Als Luna eine Weile später in den Bärenweg biegt, meint sie, in der Ferne Blaulicht zu sehen, ganz hinten im Wäldchen. Ihr fällt das Tatütata ein, das sie in der Tierarztpraxis nur mit halbem Ohr gehört hat. Da muss irgendwas passiert sein. Ob der Obermaier im Suff ins Pinguinbecken gefallen ist?

Summend schiebt sie die leere Schubkarre vor sich her und beschließt, noch kurz bei Frau Elflein vorbeizuschauen. Sie muss endlich wegen des Silberbestecks mit ihr reden.

Dieses Mal wird sie sich von dem schmierigen Marco nicht abwimmeln lassen.

Aber der Golf von »Care & Co« steht zum Glück nicht in der Einfahrt. Erleichtert betätigt Luna die Klingel. Als niemand öffnet, drückt sie die Klinke nach unten. Wie so oft ist die Tür nicht abgeschlossen.

»Frau Elflein?«, ruft sie ins dunkle Haus hinein. »Ich bin's, die Luna. Darf ich Sie stören?«

Doch nur Stille antwortet ihr, eine tiefe, beängstigende Stille.

Luna schüttelt das seltsame Gefühl ab, das sich ihrer bemächtigt hat. Wahrscheinlich schläft die alte Dame einfach nur, wie so oft in letzter Zeit. Luna schaltet das Licht im Treppenhaus an und steigt die Stufen hinauf. Noch immer rührt sich nichts.

Als sie schon fast oben ist, fällt ihr siedend heiß ein, dass sie vergessen hat, nach der Schubkarrenaktion vorhin das Bärengehege zu verriegeln. Nein, das gibt's doch jetzt nicht, sie muss sich täuschen. Sie sperrt doch immer ab, und ganz bestimmt ...

»Wer ist da?«, hört sie Frau Elflein mit brüchiger Stimme rufen. »Luna – ist das endlich meine Luna?«

»Komme gleich«, ruft sie zurück. »Muss nur noch kurz was erledigen. In zehn Minuten bin ich wieder da, okay?«

Auf dem Absatz wendet Luna sich um, gerät ins Rutschen, kann sich gerade noch am Geländer festhalten. Da scheint jemand etwas verschüttet zu haben, das Holz glänzt feucht und dunkel. Aber das ist schnell weggeputzt. So viel Zeit muss sein, damit niemand zu Schaden kommt. Und dann nichts wie ab in den Tiergarten. Hoffentlich, hoffentlich täuscht sie sich.

Fabian Borkner

Ein warmer Winter

Die Funken tanzten wie Glühwürmchen durch die Winternacht, als der Mann die weißglühende Spitze der Edelstahlstange aus dem Feuer nahm. Simone Laudenthaler ließ den Metallstab nicht aus den Augen, als sich der Mann zu ihr umdrehte. »Was haben Sie damit vor?«, fragte sie leise. Es kam Simone vor, als huschte ein genüssliches Lächeln über die Lippen des Mannes.

»Ihr Glas, bitte.«

Seine tiefe Stimme schnitt durch die kalte Luft. Simone wandte sich zum Geländer der Terrasse, auf welchem zwei tulpenförmige Sommeliergläser standen. In beiden befand sich Starkbier.

»Schnell, es muss glühend heiß sein!«, drängte der Mann. Simone reichte ihm ihr Glas. Vorsichtig und mit beinahe religiös anmutender Geste ließ der Mann die heiße Stahlspitze im Bier versinken. Im Glas zischte das Starkbier, und einige Spritzer Schaum landeten auf der Hand des Mannes, als die Flüssigkeit an der Stange zu sieden begann. Nach wenigen Sekunden nahm der Mann die Stange aus dem Glas und legte sie beiseite.

»Jetzt probieren Sie einmal«, sagte er verheißungsvoll.

Simone Laudenthaler griff sich das Glas, blickte etwas unsicher darauf, trank aber schließlich doch einen Schluck. Mit großen Augen genoss sie den wohligen Geschmack, der sich in ihrem Mund ausbreitete.

»Ich dachte mir, dass Ihnen das schmeckt«, lächelte der Mann. Henry Tennert griff erneut zu der Metallstange und legte sie wieder auf die Feuerstelle, welche sich in der Mitte der Veranda befand. Wortlos betrachtete Simone zuerst die Flammen, dann die Fassade der schönen Villa, auf welcher die Schatten tanzten, die das Feuer warf. Nach einem weiteren Schluck sagte sie: »Ich habe so etwas noch nie gesehen.«

»Man nennt es ›Bier stacheln‹«, sagte Tennert. »Es war früher ein Brauch der Schmiede, um im Winter eiskaltes Bier rasch auf Trinktemperatur zu bringen.«

»Interessant«, nickte Simone.

»Heute macht man es natürlich zum Genuss. Der heiße Stahl karamellisiert den Restzucker im Bier und erzeugt außerdem warmen Schaum, der an die Oberfläche steigt. Man könnte es fast einen bayerischen Cappuccino nennen.«

Simone lehnte sich an die Balustrade. »Von Cappuccino habe ich mich aber noch nie beschwipst gefühlt«, lächelte sie. Tennert erwiderte: »Natürlich muss man ein eher liebliches Bier verwenden. Bockbier bietet sich da an. Die machen dort hervorragendes Starkbier.« Mit dem Daumen deutete Tennert in Richtung der Schlossbrauerei Naabeck, welche von seinem Heimatort Wiefelsdorf nur etwa zwei Kilometer entfernt lag. Mit aufgeblasenen Backen fächelte sich Simone Luft zu.

»Würden Sie mir bitte mein Glas reichen?«, bat Tennert. Simone ging taumelnd zu der Biertulpe und blieb einige Sekunden davor stehen. Mit beiden Händen nahm sie schließlich das Glas und balancierte es zu Tennert. Fürsorglich meinte er: »Na, es ist wohl besser, wenn Sie sich hier auf die Bank ans Feuer setzen.«

Simone tat genau das und beobachtete, wie Tennert die Stachelprozedur mit seinem eigenen Glas wiederholte. Dann setzte er sich neben Simone. Mit 21 Jahren war sie weniger als halb so alt wie Tennert. Sie trug einen Wollhut, unter welchem ihre kurzen blonden Haare hervorlugten. Ihren schlanken Körper hatte sie in eine schwarze Steppjacke mit Fellkragen gehüllt. Tennert dagegen war ohne Kopfbedeckung, sein mit spärlichem weißen Haarwuchs bedecktes Haupt war ohne Schutz der Kälte ausgesetzt. Er trug einen schweren grünen Lodenjanker, und um den Hals hatte sich Tennert einen langen, dicken Schal gewickelt. Eine Zeit lang saßen beide schweigend auf der Terrasse von Tennerts Villa, die er vor zehn Jahren in Wiefelsdorf hatte bauen lassen. Der Blick über das Naabtal war beeindruckend, auch weil der nächtliche Winterhimmel die Landschaft in unwirklichem, kalten Blau erscheinen ließ.

»Das wird heuer ein eiskalter Winter«, sagte Tennert gedankenverloren. Dann fügte er hinzu: »Es freut mich wirklich, dass Sie meiner Einladung zum Abendessen gefolgt sind.«

»Oh, ich bin sehr gerne zu Ihnen hergekommen.«

»Als ich Sie fragte, wusste ich nicht, ob es die journalistische Distanz beeinträchtigt, die man in Ihrem Beruf ja wohl haben muss.«

Simone Laudenthaler wippte vergnügt mit dem Kopf. »Nun, natürlich wird man auf der Journalistenschule vor den Gefahren gewarnt, die entstehen, wenn man sich der Person zu sehr öffnet, die man ja eigentlich recherchieren oder interviewen will. Aber es kommt immer auf den Einzelfall an.«

»Wie meinen Sie das?«

»Als wir vor zwei Wochen zum ersten Mal miteinander telefonierten, habe ich um ein persönliches Gespräch gebeten. Freundlicherweise konnten Sie mir gleich zwei Tage darauf einen freien Termin nennen. Und bei unserem ersten Treffen im Café Kostbar, da habe ich sie bereits gespürt.«

Tennert zog überrascht die Augenbrauen nach oben. »Was haben Sie gespürt?«

Simone zögerte eine Sekunde, bevor sie antwortete. »Eine gewisse Verbundenheit.«

Der Blick, den Tennert ihr nun zuwarf, war ein freudiger, jedoch kein väterlicher.

»Mir geht es genauso, Frau Laudenthaler.«

Sie lächelten sich an, und dann wurde Tennerts Tonfall wieder geschäftlicher. »Warum sagen Sie mir nicht, was Sie bis jetzt schon über mich an Informationen gesammelt haben, dann können wir uns um die Dinge kümmern, die Sie noch für interessant halten.«

»Nun gut«, meinte Simone und ging langsam zu ihrer Aktentasche. Sie entnahm ihr eine Klarsichthülle, in der drei handschriftliche Seiten lagen. »Ihr Name ist Henry Tennert, Jahrgang 1965, geboren in Weiden in der Oberpfalz. Ihr Abitur machten Sie ebenfalls in Weiden und schlossen es mit einem Notenschnitt von 1,2 ab. Den Grundwehrdienst leisteten Sie in Pfreimd bei den Panzerjägern ab und belegten danach in Regensburg einen Studienplatz für Pharmazie. Das Studium verlief erfolgreich und im Jahr 1990 übernahmen Sie zusammen mit Ihren Kollegen Arthur Gazinski und Eberhard Feilner den Medikamentenhersteller Nora-Medics. Heute sind Sie mit Ihrem Konzern einer der großen Player beim rasant wachsenden Internethandel mit Medikamenten. Stichwort: Online-Apotheke.«

Tennert legte den Kopf schief und sah die junge Frau verblüfft an. Von ihrer Beschwipstheit konnte er merkwürdigerweise nichts mehr feststellen.

»Donnerwetter, das ging jetzt aber flink. Ihre Zeitung kann sich glücklich schätzen über eine so eifrige junge Redakteurin.«

Simone Laudenthaler nickte kurz und fuhr fort: »Sie haben früh geheiratet und sind Vater von zwei Söhnen, Gerhard und Sebastian, die beide in Ihrem Firmenimperium arbeiten. Gerhard in Nanjing, China und Sebastian in Houston, Texas. Ihre Frau Ingeborg ließ sich von Ihnen scheiden, als Ihre Kinder zehn und dreizehn Jahre alt waren. Sie ging nach Amerika und dort verliert sich ihre Spur. Seitdem hatten Sie keine längere Beziehung.«

Sie betrachtete Tennert, wie er mit leerem Blick ins Feuer starrte. Gedehnt sagte er: »Wissen Sie, es ist zwar schon sehr lange her, aber wenn man es so in Kurzform präsentiert bekommt, klingt es nach wie vor sehr traurig. Ich denke, wir sollten unsere Zeit nicht mit zu vielen belastenden Informationen aus der Vergangenheit vertrödeln.«

Simone schien diese Aufforderung abzuwägen. Bevor sie etwas sagen konnte, wollte nun Tennert seinerseits wissen: »Woher stammen Sie eigentlich? Es erscheint mir fast ein wenig unfair, dass Sie so viel über mich wissen, und ich nur so wenig über Sie.«

Simone steckte die Papiere wieder in die Klarsichthülle und sagte dabei: »Ich komme aus Schwandorf. Aus Fronberg; genau genommen.«

»Sieh einer an. Nach Ihrer Redegewandtheit und Ihrem Auftreten hätte ich Sie eher in eine Großstadt verortet. Hätten Sie gesagt München, dann hätte ich es Ihnen auch abgenommen.«

»Das liegt an meiner Ausbildung, die ich in der Schweiz genossen habe.«

»In der Schweiz?«

»Jawohl. Ich bin erst vor wenigen Monaten wieder einmal nach Deutschland gekommen. Ich war zuerst in Genf im Internat, und danach bei *Ringier*.«

»Respekt«, sagte Tennert, der die renommierte Journalistenschule in Zürich offenbar kannte. Er streckte den Rücken durch und stöhnte dabei. Simone fragte: »Fehlt Ihnen etwas?«

»Nein, nein. Nur, wenn man es sich in meinem Alter erst einmal bequem gemacht hat, dann steht man nicht mehr so gerne auf. Würden Sie mir vielleicht noch den Rest der angebrochenen Flasche einschenken?«

»Aber selbstverständlich«, sagte Simone und holte das übrige Starkbier vom Beistelltisch auf der Veranda. »Es gibt da noch ein, zwei Sachen, die ich gerne wüsste.«

»Fragen Sie mich einfach«, forderte Tennert sie auf.

»Ihre jetzige Firma haben Sie zusammen mit zwei Kollegen gegründet. Sind diese Herren heute auch noch ihre Kompagnons?«

»Nein. Die Firmenleitung liegt bei mir und Eberhard Feilner, wie Sie schon erwähnten.«

»Arthur Gazinski ist nicht mehr mit an Bord?«

Tennerts Antwort kam schleppend. »Er ... hat die Firma vor zwei Jahren verlassen.«

»Aus welchem Grund?«

»Frau Laudenthaler, das kann man nur schwer in ein paar Sätzen erklären. Das Geflecht unseres Konzerns ist sehr komplex und damit für Außenstehende nur schwierig zu begreifen.«

»Ich verstehe«, sagte Simone mit Enttäuschung in der Stimme. Sie ging an das Geländer der Veranda und lehnte sich mit dem Rücken daran. Dann verschränkte sie ihre Arme und schien über ihre nächste Frage nachzudenken. »Wohnt Eberhard Feilner auch hier im Dorf?«

Tennert räusperte sich mehrmals und versuchte offenbar, durch leichtes Husten seinen Hals freizubekommen.

Simone beobachtete Tennert genau, als sie fragte: »Sind Sie sicher, dass Ihnen nichts fehlt?«

»Ich weiß nicht«, gab Tennert mit rauer Stimme zurück. »Das Bockbier schlägt bei mir wohl auch gerade an.« Er hustete nochmals und sagte dann: »Nein, Eberhard hat ein Haus auf dem Weinberg in Schwandorf.«

»Und Gazinski?«

»Er lebt nicht mehr hier in der Oberpfalz.«

Simone legte Daumen und Zeigefinger an die Unterlippe und knetete sie durch, während sie sich zu konzentrieren schien. Leise fragte sie: »Wo lebt er denn stattdessen?«

»Das weiß ich leider nicht. Hoppla!«, entfuhr es Tennert, als sein Glas zu Boden fiel und dort mit hellem Klirren in Hunderte Kristallsplitter zerbarst. »So was Dummes«, murmelte er und blickte auf die Scherben. Simone blieb regungslos an der Balustrade stehen. Es vergingen einige Sekunden, bis Henry Tennert seine Augen vom Boden löste und den Blick von Simone suchte. »Nun ja, es war nur ein Glas. Das kann die Putzfrau morgen wegräumen.« Trotz der äußerlichen Ruhe, die Tennert ausstrahlte, klang seine Stimme in Simones Ohren recht angespannt. Sie stemmte nun beide Hände nach hinten auf das Geländer. »Ich glaube, dass Sie mir nicht ganz die Wahrheit sagen, Herr Tennert.«

»Wie kommen Sie darauf?«

»Weil ich glaube, dass Sie sehr gut wissen, wo Arthur Gazinski jetzt ist.«

»Ich versichere Ihnen, dass ich nicht weiß, wo Gazinski sich im Augenblick befindet, Frau Laudenthaler.«

Mit mehrmaligem Kopfnicken stieß sich Simone vom Geländer ab und schlenderte auf der Terrasse herum. Als sie an die Stelle kam, wo Tennert das Glas hatte fallen lassen, ging sie in die Knie und inspizierte den Boden, so als ob sie etwas suchte. Fast beiläufig sagte sie: »Ich habe mich da wohl missverständlich ausgedrückt. Oh, das ist aber ein großer. Der ist gefährlich.« Sie hob einen länglich geformten Glassplitter auf, der an der Spitze messerscharf zulief. Dann setzte sie sich neben Tennert. Sie hielt den Splitter gegen den Feuerschein und sah, wie sich das Licht an der Spitze brach. »Ich meinte, dass Sie den letzten bekannten Aufenthaltsort von Arthur Gazinski kennen.«

Tennerts Kopf blieb starr zum Feuer gewandt. Nur seine Augen rollten nervös hin und her. »Ich weiß wirklich nicht, worauf Sie hinauswollen. Arthur Gazinski hat unsere Firma verlassen, und weiter ist daran nichts Außergewöhnliches.«

Simone legte den Glassplitter in ihre Handfläche. »Wissen Sie, was das Tolle an einer Journalistenausbildung ist, Herr Tennert?«

Als keine Antwort folgte, fuhr Simone fort. »Die Kontakte. Man kann sich weltweit vernetzen. Man findet immer Kollegen, die einem bei den Recherchen helfen können.«

Abermals blieb es still.

»Ich habe recherchiert, Herr Tennert. Und ich glaube, dass Arthur Gazinski nicht freiwillig aus Ihrer Firma ausgestiegen ist.« Simone stand auf und ging die Veranda entlang und wieder zurück. Dabei warf sie immer wieder den Glassplitter ein paar Zentimeter in die Luft und fing ihn mit der flachen Hand wieder auf. »Gazinski war der Firmeninhaber mit dem kleinsten Eigentumsanteil, stimmt's?«

»Das ist korrekt«, erwiderte Tennert leise.

»Es stimmt wohl ebenfalls, dass Gazinski aber dennoch so viele Prozente am Unternehmen hielt, dass über seinen Kopf hinweg nichts entschieden werden konnte. Man nennt das Sperrminorität.«

Tennerts Atmung wurde schneller. Unruhig sagte er: »Was hat das denn alles zu bedeuten?«

»Darauf komme ich sofort. Es stimmt also, dass Gazinski in alle Entscheidungen, die die Rechtsform und die Leitung Ihres Unternehmens betreffen, eingebunden werden musste?«

»Ja, das stimmt. Wieso fragen Sie, wenn Sie das schon wissen?«

»Weil ich es zum einen aus Ihrem Munde hören will, und zum anderen, weil ich jene Informationen von Ihnen brauche, die ich nicht recherchieren konnte.«

Tennerts Gesicht war mittlerweile stark gerötet. Er sagte keuchend: »Ich glaube, wir sollten unser Gespräch jetzt beenden. Damit verschwenden wir nur unsere Zeit.«

Simone Laudenthaler lachte leise vor sich hin. Dann wurde das Lachen lauter und brach schließlich nur so aus ihr heraus. Auf Tennerts Stirn erschienen Schweißperlen. »Was gibt es denn da zu lachen?«, keuchte er. Simone betrachtete zuerst den Glassplitter, dann Tennert. Sie deutete mit dem ausgestreckten Zeigefinger der anderen Hand auf ihn und sagte: »Sie wissen gar nicht, wie richtig Sie liegen.«

Angsterfüllt fragte Tennert: »Was meinen Sie denn, um Himmels willen?«

Wiederum lachte Simone kurz auf. »Sie verschwenden wirklich Ihre Zeit. Viel bleibt Ihnen nämlich nicht mehr. Dann wirkt auch das Physostigmin nicht mehr.«

»Physostigmin?«, fragte Tennert stimmlos.

»Ich denke, als Pharmazeut kennen Sie die Substanz. Es ist ein Gegengift. Ein Indolalkaloid, das verabreicht wird, um manche Synapsengifte zu neutralisieren. Wie in Ihrem Fall.« Sie deutete auf das zerbrochene Glas auf dem Boden.

Tennerts Augen drehten sich, vor Schreck geweitet, nach unten. Simone ging wieder vor ihm in die Knie und sah ihn von unten an. »Sie haben das Glas nicht aus Schusseligkeit fallen lassen, oder etwa weil Sie von einem Schluck Starkbier schon betrunken wären. Es hat einen anderen Grund. Ich zeige es Ihnen.«

Sie nahm nun den Glassplitter zwischen Daumen und Zeigefinger und näherte sich Tennerts Hand, die bewegungslos auf seinem Schoß lag. Flink stach Simone dreimal hintereinander in seine Handfläche. Tennert schrie vor Schmerz auf, zog aber seine Hand nicht weg. Simone hielt ihm die nun rot vor Blut glänzende Glasspitze unter die Nase. »Ihre Muskeln gehorchen Ihnen nicht mehr. Dafür sorgt das Atropin, das ich Ihnen in Ihr Bier gegeben habe.«

Tennert schnaufte vor Panik immer schneller. »Wieso haben Sie das getan? Was haben Sie vor?«, flüsterte er.

Die junge Frau erhob sich wieder und warf den Glassplitter achtlos zu Boden. Mit kalter Stimme sagte sie: »Ich habe mich mit meinen Kollegen von der Nordsee-Zeitung in Bremerhaven in Verbindung gesetzt. Es gab einen Segeltörn auf der Nordsee vor zwei Jahren. Danach ist Arthur Gazinski nicht mehr als Teilhaber bei Ihnen aufgetreten. Das hatte einen einfachen Grund.«

Simone machte eine kurze Pause und sah Tennert direkt in die Augen. »Er war tot. Er starb, als Sie und Feilner mit ihm auf der Nordsee segelten. Geben Sie sich keine Mühe, das zu leugnen.«

Tennert musste sich wiederum räuspern. »Es ist richtig. Arthur starb auf hoher See«, sagte er betroffen. »Aber das war ein Unfall.«

»Ein Unfall?«

»Wir sind wegen des schlechten Wetters länger auf See geblieben, als wir eigentlich wollten. Es wurde sehr rasch dunkel und die Sicht war miserabel.«

»Was passierte dann?«

»Die Nordsee ist für Segler ein äußerst anspruchsvolles Gewässer, verstehen Sie? Es gibt rasante Wetterumschwünge, Strömungen und den Tidenhub. Man muss an Bord sehr achtsam sein und schnell reagieren. Das konnte Arthur an jenem Tag aber nicht mehr. Er hatte sich einen Grog zu viel zugemutet.«

»Soll das heißen, Sie haben auf hoher See gebechert, bis Sie betrunken waren?«

»Nicht sturzbetrunken, nein. Aber Eberhard und ich sind die erfahrenen Segler. Arthur kannte sich dagegen noch nicht gut aus. Deswegen hat er trotz unserer Warnungen noch einige Grog mehr als wir getrunken. Und deswegen hat ihn auch der Segelbaum erwischt.«

»Der Segelbaum?«

»Er ist am unteren Ende des Mastes im rechten Winkel angebracht und hält das Segeltuch auf Spannung. Aber er dreht sich bei einem Wechsel der Windrichtung über das gesamte Boot, und zwar auf Hüfthöhe. Langjährige Segler können das einschätzen. Arthur hat damals zu langsam reagiert und die Vorzeichen der Windbö nicht erkannt.«

»Das heißt, Arthur Gazinski wurde vom schwingenden Segelbaum erfasst?«

»Jawohl. Der Baum traf ihn ins Kreuz, und Arthur stolperte. Er fiel mit dem Hinterkopf auf die Reling und ging über Bord. Wir haben alles versucht, um ihn zu retten, aber die See war auf einmal wie wild und wir konnten ihn im Wasser nicht mehr sehen.«

Simone ließ seine Worte in ihrem Bewusstsein wirken.

Sie sah ihn mit verhärteter Miene an. Nach einer knappen Minute sagte Tennert: »Jetzt wissen Sie alles. Und nun, um Gottes willen, rufen Sie doch einen Arzt. Oder ... oder haben Sie das Physostigmin dabei?«

Wie eine Lehrerin, die einen Schüler noch nicht vom Abfragen entlassen wollte, wedelte Simone mit dem Zeigefinger. »Nicht ganz so hastig.«

Tennerts Gesicht war inzwischen von Schweiß überströmt. Seine Augen wollten nach seinen Stichverletzungen sehen, aber er konnte sie nicht weit genug nach unten drehen. Simone fragte: »Sie sagen also, es war ein Unfall.«

»Ja, verdammt noch mal!«

»Was ist mit Arthur Gazinski danach passiert? Hat man ihn gefunden?«

Hektisch keuchte Tennert: »Nein, hat man nicht. Es ist weitläufig nicht so bekannt, aber auch in der Nordsee gibt es Haie und andere Raubfische. So furchtbar es klingt, aber ich fürchte, denen ist Arthur letztendlich zum Opfer gefallen.«

Simone sagte: »Wie passend, dass zu diesem Unfall auch noch der Zufall kam. Der Zufall, dass Sie drei alleine an Bord waren? Keine Zeugen?«

»Das war so ausgemacht. Wir hatten den Segeltörn schon seit Wochen geplant.«

»Schon. Aber wie Sie vorhin bereits sagten: Feilner und Sie selbst waren die erfahrenen Seemänner. Die Idee kam bestimmt von Ihnen beiden.«

»Ich weiß nicht mehr, wer genau auf die Idee kam«, schrie Tennert unter großem Kraftaufwand. »Aber jetzt beenden Sie doch endlich diesen Albtraum hier!«

Simone Laudenthaler ging zu ihrer Aktentasche. Sie öffnete sie und griff hinein. In ihrer Hand erblickte Tennert voller Grauen ein langes Küchenmesser. Sie nahm es zwischen beide Hände und ging langsam auf Tennert zu. »Ich denke, wir müssen uns doch um diese Dinge kümmern. Wie nannten Sie sie vorhin noch? Ach ja: ›belastende Informationen aus der Vergangenheit‹. Es gibt da noch eine Menge dieses belastenden Materials. Und deswegen sage ich Ihnen jetzt, was ich für die Wahrheit halte.«

Damit nahm sie sich einen der Korbstühle, die auf der Veranda standen, und setzte sich Tennert schräg gegenüber. Er konnte das Messer deutlich sehen, welches sie am Griff einige Male um die eigene Achse drehte.

»Ihr Pharmaziekonzern kam, wie viele andere auch, in den letzten Jahren ins Straucheln. Es ist leider wie bei anderen Branchen so, dass auch hier die Großen die Kleinen schlucken. Außer man setzt alles auf eine Karte und macht sich fit für die digitale Welt. Das haben Sie und Feilner erreicht. Sie gehören zu den Großen im internationalen Markt der Online-Apotheken und verscherbeln Ihre Medikamente auf direktem Weg.«

»Anders ist es heute gar nicht mehr zu lösen«, sagte Tennert leise.

»Aber Gazinski hat es anders gesehen. Er wollte nicht, dass sensible Medikamente ohne Rücksprache mit einem ausgebildeten Apotheker einfach so per Hermes ins Haus geliefert werden können. Gazinski wollte die hohe Qualität des Unternehmens sichern, und nicht den schnellen Umsatz, nur damit die Zahlen passen.«

»Er ... hatte Bedenken gegen den Internethandel, das stimmt.«

»Er hatte nicht nur Bedenken. Er war strikt dagegen. Das war für Feilner und Sie der ausschlaggebende Punkt. Gazinski konnte mit seinem Stimmanteil an der Firma stets sein Veto einlegen. Und damit hat er sein Todesurteil unterschrieben.«

Trotz seiner Panik wurde Tennerts Atmung ruhiger, als sein Dinner-Gast fortfuhr: »Eberhard Feilner und Sie hatten juristisch keine Möglichkeit, an Gazinski vorbeizuagieren. Dann haben Sie probiert, ihn aus dem Konzern herauszukaufen. Aber auch das gelang Ihnen nicht, weil Gazinski seine Überzeugungen nicht aufgeben wollte.«

»Er war ein verdammter Idiot. Das hatte nichts mehr mit Überzeugung zu tun. Es war seine Religion. Arthur konnte sich mit dem Internet noch nie anfreunden, und die Vorstellung, dass er seine geheiligten Arzneien auf modernem Weg vertreiben müsste, hat ihm Schauer über den Rücken gejagt.«

»Also haben Sie beschlossen, ihn zu beseitigen. Ganz einfach, still und leise auf hoher See, um ihn anschließend den Haien zum Fraß vorzuwerfen.«

Tennert versuchte, trotz der fortschreitenden Wirkung des Atropins seine Fassung zu behalten. »Ich denke, es erübrigt sich jetzt jedes weitere Wort. Wieso sind Sie heute Abend zu mir gekommen? Was liegt Ihnen an Arthur Gazinski?«

Nun waren es Simones Augen, die leer ins Feuer starrten. »Ich habe den Mädchennamen meiner Mutter behalten. Sie hieß, wie ich, Laudenthaler. Bis zu ihrer Hochzeit. Danach schrieb sie sich Gazinski.«

Tennerts Augen wanderten aufgeregt hin und her.

»Arthur ... war ...«

»Mein Vater. Genau.«

Tiefe Züge, die sich in der kalten Nachtluft zu Dampf kondensierten, verließen Tennerts Lungen. Simone sagte: »Ich war, wie ich schon sagte, im Internat, als Sie und Feilner meinen Vater töteten. Ich konnte aber nicht weg aus der Schweiz, und schließlich hatte man ja auch keine Leiche geborgen. Meine Mutter hat mir dann erzählt, was sich ihrer Meinung nach zugetragen hatte. Daraufhin begann ich zu recherchieren. Seit einigen Monaten wusste ich, dass Sie und Feilner meinen Vater auf dem Gewissen haben. Deshalb habe ich mich im Namen meiner Zeitung bei Ihnen gemeldet und vorgegeben, einen ausführlichen Artikel über Sie zu schreiben. Ich habe bei unserem ersten Treffen schon so getan, als wären Sie mir menschlich sympathisch. Und Sie sind freundlicherweise auf meine Andeutungen sofort angesprungen. Männer Ihres Alters fühlen sich doch extrem geschmeichelt, wenn eine junge Frau wie ich sie ein wenig anbetet, nicht wahr?« Sie zwinkerte ihm aufreizend zu, nur um im nächsten Moment wieder eisige Kälte über ihre Gesichtszüge zu legen. »Es hat ja auch zum Erfolg geführt. Sie haben den Faden aufgenommen und mich zu Ihnen nach Hause zum Essen eingeladen. Deshalb habe ich mich mit Atropin versorgt – keine Schwierigkeit für die Tochter eines Pharmazeuten.«

»Dann haben Sie kein Physostigmin dabei?«, fragte Tennert und ahnte bereits die Antwort. Simone nahm das Messer nun fest in die Hand.

»Natürlich nicht. Ich bin heute zu Ihnen gekommen, um Gerechtigkeit zu üben. Ich werde Sie nicht den langsamen Mühlen der Justiz übergeben, bei denen am Schluss aus Mangel an Beweisen doch nichts herauskommt.«

Sie erhob sich und führte das Messer dabei auf Augenhöhe an Tennert vorbei. Er zitterte vor Erregung, während Simone sagte: »Mein Plan war, Sie mit dem Atropin zu lähmen und mit Ihnen gemeinsam die Wahrheit ans Licht zu bringen. Und wofür ich das Messer mitgenommen habe, können Sie sich ja denken.«

Sie wandte sich von Tennert ab und steckte das Messer wieder in ihre Aktentasche. Tennert verfolgte jede kleinste Bewegung von ihr mit Anspannung. Sie kam wieder zu ihm an die Bank und setzte sich daneben. »Das Messer brauche ich jetzt nicht mehr. Ich wusste ja nicht, dass Sie mich mit einem so tollen Dessertgetränk wie dem gestachelten Bier überraschen würden. Es hat übrigens hervorragend geschmeckt. Ich danke Ihnen für dieses Erlebnis. Dadurch haben wir einen viel würdigeren Ausgang dieses Abends, als es ein simples Messer je vermocht hätte.«

Simone Laudenthaler stand auf und stellte sich vor Tennert. »Sie werden verstehen, dass ich mich nun von Ihnen verabschieden möchte. Morgen wird ein anstrengender Tag für mich, denn ich muss Eberhard Feilner auf seinem Haus am Weinberg einen Besuch abstatten.«

Tennert riss die Augen weit auf, als Simone den Schal von seinem Hals wickelte, sodass nur mehr eine Schlinge darum lag. Das andere Ende legte Simone in die Feuerschale. Die Baumwollfransen fingen sofort an zu zischen. Kleine blaue Flämmchen erstreckten sich bald über die ganze Breite des Schals und kletterten langsam, aber stetig den Schal entlang nach oben zu Tennerts Hals.

Tennert war zu keinerlei Bewegung mehr fähig, außer zu panischem Schnaufen. Simone wandte sich zum Gehen. An der Treppe zum Parkplatz blieb sie stehen und blickte in den Himmel. Dann sah sie ein letztes Mal zu Henry Tennert, dem die Flammen schon fast bis zum Bauch reichten. Seine Augen traten aus den Höhlen, als Simone keck meinte: »Ich glaube übrigens, dass Sie vorhin falsch lagen. Es wird heuer wohl ein sehr warmer Winter für Sie …«

Wolfgang Burger

Nie wieder Glühwein

»Wie jetzt?« Fred saugte andächtig den letzten Schluck aus seiner Bierdose und sah seinem Freund Jonathan ins feiste Gesicht. »Ich versteh immer bloß Glühwein!«

»Ja, wieso denn nicht, Himmelarsch?«, fuhr Jonathan ihn wütend an. »Was ist denn an Glühwein schlecht?«

Fred drehte die Dose auf den Kopf. Drei, vier Tropfen fielen noch heraus. Dann war sie endgültig leer. Ein trauriger Anblick. »So lang ich das Zeug nicht trinken muss ...«

»Glühwein schmeckt gar nicht mal so schlecht.« Jonathan leerte aus Solidarität auch seine Bierdose mit wenigen großen Schlucken, zerquetschte das Ding und pfefferte es irgendwohin ins Dunkle, wo es leise scheppernd aufschlug. »Während ich für den Coup recherchiert hab, hab ich natürlich das eine oder andere Glas trinken müssen, Blödmann.«

»Sag nicht immer ›Blödmann‹ zu mir!«

»Wieso nicht?« Jonathan wurde noch ein wenig größer und breiter und sah drohend auf seinen hageren Kumpel herab, der mit trübem Blick und erbärmlich frierend neben ihm auf den Stufen zum Eingang der Neupfarrkirche saß. Zu ihren Füßen breitete sich der größte Christkindlmarkt Regensburgs aus. Jetzt, am letzten Freitagabend vor Weihnachten war alles voller Menschen. Ein endloses Geschiebe und Gedränge, frommes Gedudel überall. Kinder mit leuchtenden Augen, abgekämpfte Frauen und griesgrämige Männer wogten hin und her. Es roch nach Bratwürsten und – Glühwein.

»Weil ich's nicht mag, wenn du es sagst. Darum.«

»Blödmannblödmannblödmann! Ist nämlich ein super Plan, sag ich dir!«

»Jo, hör mal. Wir könnten's doch auch noch mal beim Pfarrer in Stadtamhof drüben probieren.«

»Wie wir gestern bei ihm geläutet haben, hat er gesagt, das nächste Mal holt er die Polizei.«

»In drei Tagen ist Heiligabend, Mann! Der Typ ist doch voll religiös. So einer muss doch – grad an Weihnachten – ich mein – denk doch bloß mal an Maria und Joseph!«

»Wir sind aber nicht Maria und Joseph, sondern Jo und Fred. Außerdem haben wir nicht mal ein Jesuskind.«

»Da ließe sich vielleicht was drehen ...«

»Kidnapping? Spinnst du? Bist halt doch ein Blödmann. Glühwein ist voll der Bringer! Ein Riesengeschäft vor Weihnachten!«

»Jo, ich sag's nicht gern, aber ganz ehrlich: Deine Idee mit dem Glühweinstand, das geht doch wieder in die Hose. Genau wie die Sache mit der Zoohandlung, wo mich der Papagei gebissen hat, und wir können gottfroh sein, dass die Bullen uns nicht ...«

»Überhaupt nichts geht diesmal in die Hose! Ich hab mir das Ding wochenlang hin und her überlegt und ausgekundschaftet. Letzten Samstag, zum Beispiel, wie du bei der Bullerei gewesen bist wegen der Sache mit der angeblich gefundenen Handtasche ...«

»Jo, wir haben kein Bier mehr.«

»Und wir werden auch morgen kein Bier haben, wenn wir nicht bald Geld auftreiben. Die Sache mit dem Glühweinstand ist genial, sag ich dir! Stundenlang hab ich zugeguckt, stundenlang. An Samstagen verkaufen sie im Schnitt zwanzig Gläser in der Minute. Mal sechzig macht – so ungefähr – also jedenfalls über tausend Mücken die Stunde und noch mal fast so viele Bratwürste. Macht nach Adam Riese und Eva Zwerg fünfzehn- bis zwanzigtausend, bar in der Kasse. Also abends, kurz bevor sie zumachen. Abends ist's nämlich sowieso am besten für unseren Plan. Weil da am meisten Geld in der Kasse ist und …«

»Für deinen Plan, Jo.«

»Und es ist auch nicht mehr so arg voll, und wir können blitzschnell abhauen. Es ist aber auch noch nicht so leer, dass man nicht in der Menge untertauchen kann. Glaub mir doch endlich, Fred: Wir werden so schnell weg sein, so schnell können die gar nicht gucken. Und morgen ist Samstag. Der letzte vor Weihnachten. Also, was ist jetzt?«

»Zwanzigtausend?«, fragte Fred mit runden Augen.

»Minimum.«

»Zehn Riesen für jeden?«

»Wusste gar nicht, dass du so gut rechnen kannst. Ich krieg natürlich ein bisschen mehr, weil's erstens mein Plan ist, und ich zweitens Auslagen gehabt habe.«

»Auslagen?«

»Du ahnst nicht, wie viel Glühwein ich beim Recherchieren hab trinken müssen.«

»Ich brauch jetzt jedenfalls erst mal ein Bier. Oder noch besser einen Schnaps. Und überhaupt, wo kriegen wir eigentlich die Kostüme her? Ich hab nämlich nicht zufällig irgendwo ein Nikolauskostüm rumliegen.«

»Engel. Du gehst als Engel, Blödmann. Der Nikolaus bin ich. Weil ich größer bin. Und stattlicher auch, sozusagen.«

Jo gab wirklich einen beeindruckenden Nikolaus ab, fand Fred am nächsten Abend. Er selbst sah dagegen in seinem Engelskostüm eher aus wie ein als Ente verkleidetes Faultier.

Vor ein paar Minuten hatten sie sich unauffällig unters überwiegend besoffene Volk gemischt. Getrennt natürlich und so unauffällig, wie es in ihrer Verkleidung überhaupt möglich war. Jonathan wurde ständig von irgendwelchen Kindern angeglotzt und angegrapscht, die sich aber zum Glück meist nicht trauten, ihn um Geschenke anzugehen. Fred sorgte eher für Heiterkeit. Ein Kerl in dunklem Anzug und mit rotem Gesicht und schief hängender Krawatte hatte ihm sogar aus Mitleid eine Halbe spendieren wollen. Die Uhr der Neupfarrkirche schlug dreiviertel neun. Bald würden die Buden des Christkindlmarkts die Luken schließen und die Lichter ausmachen.

»Um fünf vor beim Glühweinstand«, hatte Jonathan Fred zum hundertsten Mal eingeschärft, als sie sich vorhin im Parkhaus am Petersweg die Kostüme übergezogen hatten. Jonathan hatte Probleme gehabt, weil sein Bart immer wieder verrutschte. Erst mit Spucke und einem Knoten im Gummi hatte er schließlich gehalten. Fred war mit dem Engelskostüm nicht zurechtgekommen, weil es zu eng war. Jonathan hatte ihm helfen müssen mit den vielen Häkchen am Rücken. Aber am Ende war dann doch alles glatt gegangen, und Freds Verkleidung war wider Erwarten nicht explodiert.

Weil Fred die Schnapsflasche vergessen hatte, die er unbedingt brauchte, um sich Mut anzutrinken, hatten sie am Ende noch mal zum Auto zurück gemusst. Jonathan hatte versucht, nicht allzu laut zu fluchen, da das nicht zu seiner Kostümierung gepasst hätte. Fred vergaß ja grundsätzlich immer irgendwas. Dann hatte Jo aber doch auch einen großen Schluck genommen. Birnenschnaps, Aldi, vierneunundneunzig die Flasche. Gar nicht mal so übel.

»Teambuilding«, hatte Jo geseufzt, als er seinem alten Kumpel die plötzlich nur noch halb volle Flasche zurückgab. »Zusammen saufen verbindet immer noch besser als alles andere.«

Der große Zeiger der Uhr am Kirchturm sprang auf die elf, als Jonathan sich unauffällig dem Glühweinstand näherte, der ziemlich genau in der Mitte der Christkindlmarkts lag. Aus den Lautsprechern schepperte Jingle-Bells. Und natürlich kam Fred wieder mal zu spät.

»Aufgehalten worden«, nuschelte er mit nervösem Blick, als er endlich daherkam. »Irgendso ein Depp hat geglaubt, ich bin eine Frau und wollt mir an die Gummititten.«

»Hab ich nicht gesagt, du sollst es nicht übertreiben mit dem Schaumstoff, Blödmann?«

»Ich bin mir gar nicht mehr sicher, ob Engel überhaupt Titten haben.«

»Auf jetzt«, brummte Jonathan im würdigsten Nikolauston. »Showtime!«

Er fummelte den kurzen Schreckschussrevolver aus seinem roten Kostüm, der so verdammt echt aussah, Fred zückte das Küchenmesser aus dem Ein-Euro-Shop, das er unter seinem weiten Engelsrock mit Silberflitter verborgen hatte. Sie drängelten sich rücksichtslos an der schon sehr kurz gewordenen Schlange vorbei nach vorne zu der alten Frau an der Kasse. Jonathan hielt ihr die Revolvermündung vor die runzelige Nase. Fred fuchtelte ein bisschen mit dem Messer.

»Die Kasse«, sagte Jonathan so leise, dass die wenigsten von den Umstehenden es hören konnten. »Und zwar ein bisschen dalli! Oder für dich ist nie wieder Weihnachten.«

»Jawohl!«, rief Fred.

Die Alte hatte unglaublich viele Runzeln nicht nur auf der Nase, sondern im ganzen, von weißen Löckchen umrahmten Gesicht. In Zeitlupe riss sie Mund und Augen weiter und immer weiter auf.

»Spinnt ihr jetzt, ihr zwei?«, stotterte sie schließlich. »Soll das ein Witz sein?«

»Die Kasse!«, wiederholte Jonathan etwas lauter.

»Jawohl!«, rief Fred und fuchtelte heftiger mit dem Messer.

»Was ist denn da vorne los?«, wollte jemand in der Schlange wissen. »Ist da ein Überfall?«

Alle lachten herzlich.

Die Alte klappte langsam den Deckel der Geldkassette zu, und fünf Sekunden später waren Jonathan und Fred reich und auf der Flucht.

Selbstverständlich hatte Jo auch den Rückzug in allen Einzelheiten geplant. Ihre Wege trennten sich sofort. Die Kasse hatte Fred unter seinem Rock versteckt, und Jonathan hoffte inständig, dass sein Freund und Mittäter das Ding nicht irgendwo liegen ließ. Er selbst lief zum Parkhaus zurück, wo sie sich vorhin weihnachtsmäßig verkleidet hatten. Fred würde zum Kaufhof laufen, mit dem Lift in den obersten Stock hinauffahren, wo die Kundentoilette war, und sich seiner Engelsverkleidung entledigen. Außerdem stand dort in einer dunklen Nische eine alte Reisetasche bereit, in die er die Beute packen sollte. Und exakt fünfzehn Minuten nach dem Überfall würden sie sich in der Obermünsterstraße wieder treffen. Dort hatten sie den Fluchtwagen abgestellt, einen einundzwanzig Jahre alten Ford Escort, den Jo von einem Kumpel geliehen hatte. Von einem Kumpel, der natürlich keinen Schimmer hatte, für welch unheilige Zwecke sein Wagen missbraucht werden sollte.

Als Jonathan – nun wieder in Zivil – in die Obermünsterstraße einbog, sah er Fred schon von Weitem neben dem Auto stehen. Die Reisetasche hatte er dabei, sah Jonathan sofort. Und noch etwas sah er: silberne Flügel – Fred steckte immer noch in seinem Engelsfummel. Und war damit in der stillen Straße ungefähr so unauffällig wie eine Giraffe auf dem Friedhof.

»Du Superblödmann!«, fuhr Jo seinen Freund an. »Wieso hast du denn ...?«

»Diese Scheißhaken«, jammerte Fred und trat von einem Fuß auf den anderen. »Hab sie einfach nicht aufgekriegt.«

»Wieso hast du das Ding nicht einfach in Fetzen gerissen, Blödmann?«

»Ey, wir haben fünfzig Euro Kaution dafür hingelegt!«

»Und du gehst übermorgen hin und bringst die Klamotten brav zurück und wunderst dich wahrscheinlich auch noch, dass die Bullen schon auf dich warten, Blödmann.«

»Sollst doch nicht immer ›Blödmann‹ zu mir sagen.«

»Wenn's aber doch wahr ist. Du machst dich im Auto so klein, wie's nur geht, verstanden?«

Gegenüber bremste mit kurzem Quietschen ein dunkelbraunes Paketauto. Der Fahrer hechtete heraus, spurtete mit einem Stapel Päckchen an ihnen vorbei und war einen Augenblick später in irgendeinem Hauseingang verschwunden. Weihnachtszeit, dachte Jonathan, Geschenkezeit, Paketezeit. Er griff in die Hosentasche.

»Äh ...«

»Was ist?«

»Scheiße ist.«

»Jo!«

»Die Schlüssel. Ich hab sie ...«

»Du hast sie in die linke Tasche getan. Ich hab's genau gesehen. Du tust die Schlüssel immer in die linke Tasche ...«

»In der rechten sind sie auch nicht.«

Jonathan war schon klar, wo die dämlichen Autoschlüssel waren: In der linken Tasche einer roten Nikolaushose, die jetzt einsam in einer finsteren Ecke des Parkhauses lag.

»Bockmist«, fluchte er mit verhaltener, aber wutgeladener Stimme. »Bockmistbockmistbockmist. Und alles bloß wegen deiner saudummen Schnapsflasche!«

»Du hast selber davon getrunken. Magst noch einen? Ist noch was drin.«

Jonathans Blick fiel auf das Paketauto. Die Fahrertür stand einen Spalt offen. Und der Schlüssel steckte wahrscheinlich. Diese Paketfahrer waren alle arme Teufel, die in der Vorweihnachtszeit keine Sekunde zu verlieren hatten.

»Du versteckst dich hinten zwischen den Paketen«, kommandierte Jo. »Kannst du nicht wenigstens die saudummen Flügel abreißen?«

»Dann wär's aber doch kaputt. Wär doch jammerschade.«

Der Schlüssel hatte wirklich gesteckt. Und der Motor war willig angesprungen. Und praktischerweise war das Paketauto so konstruiert, dass man von der Fahrerkabine nach hinten in den Laderaum gehen konnte. Um vor einer roten Ampel mal schnell ein paar Päckchen zu sortieren, vermutlich.

Als er in die Fröhliche-Türken-Straße einbog, war der Paketmann im Rückspiegel noch nicht zu sehen. Fred eierte gehorsam nach hinten, konnte sich zwischen den Paketen in der Kurve kaum auf den Beinen halten. Wahrscheinlich der Birnenfusel. Die Tasche mit dem Geld hielt er im Arm wie ein Baby.

»Jo?«, fragte er von hinten.

»Was?«

»Wie kriegen wir eigentlich die Kassette auf?«

»Wir haben den Überfall hingekriegt. Wir haben das mit dem Auto hingekriegt ...«

Auf der Gegenfahrbahn rasten zwei Streifenwagen mit Blaulicht aber ohne Martinshorn vorbei. Stiller Alarm, dachte Jonathan. Ganz schön schlau. Und ganz schön spät. Seit dem Überfall waren schon über zwanzig Minuten vergangen.

»... Da werden wir doch auch diese gottverdammte Scheißkassette aufkriegen, Mann!«

»Jo?«

»Was ist denn noch?«

»Ist es okay, wenn ich mir noch einen kleinen Schnaps genehmige? Mir ist ein bisschen komisch. Außerdem kann man hier hinten überhaupt nicht richtig sitzen.«

»Setz dich auf den Boden und halt endlich die Schnauze. Ein Schnaps geht okay. Aber bloß einer, kapisko?«

Schon wieder Blaulicht auf der Gegenfahrbahn. Dieses Mal war es ein Zivilfahrzeug. Kripo. Im Vorbeirasen sah ihm einer der Polypen ins Gesicht. Ein junger, sportlicher Typ mit Dreitagebart. Aber sie bremsten nicht, beobachtete Jonathan erleichtert im Rückspiegel. Logisch: Was wäre unverdächtiger als ein Paketauto drei Tage vor Heiligabend? Vielleicht war es sogar ein Glücksfall, dass er die verfluchten Autoschlüssel in diesem verfluchten Nikolauskostüm ...

»Da ist rot, Jo!«

»Schnauze.« Jonathan bremste scharf, kam zwei Zentimeter hinter einem bis an die Zähne aufgemotzten Golf GTI zum Stehen.

»Das war knapp«, kommentierte Fred von hinten.

»Schnauze, oder du fährst ab sofort.«

Jonathan hörte ein verräterisches Gluckern. Es blieb wohl doch nicht bei einem Schnaps. Aber egal jetzt. Noch drei, vier Ampeln, dann waren sie auf der Landshuter und einigermaßen in Sicherheit.

Die Ampel schaltete auf grün, der GTI fegte davon. Als Jo anfuhr, flog die Beifahrertür auf, ein junger, sportlicher Typ mit Dreitagebart sprang herein, hielt Jonathan einen schweren Revolver unter die Nase. Der Bulle, dachte der, sofort von oben bis unten gelähmt. Das war's dann wohl. Es war schief gegangen. Und daran konnte nur einer schuld sein: Fred.

»Grüner wird's nicht«, sagte der Typ auf dem Beifahrersitz sarkastisch, dessen Rasierwasser nicht recht zu einem Polizistengehalt passte. Und der Anzug, den er trug, passte erst recht nicht dazu. Gehorsam legte Jonathan den Gang ein und ließ die Kupplung kommen.

»Übernächste links«, kommandierte der Typ bald darauf kalt. Die Knarre hatte er inzwischen ein Stück heruntergenommen, drückte sie Jonathan jetzt mit Kraft in die Taille, damit man sie von außen nicht sehen konnte. »Und keine Mucken, verstanden?«

»Zur Polizei geht's aber gradaus«, wagte Jonathan einzuwenden.

»Du hältst einfach die Fresse und machst, was ich dir sage.«

Sie erreichten den Erst-Reuter-Patz, mussten auf Grün warten. Der Typ auf dem Beifahrersitz war nervös. Sehr nervös.

Heftiger Verkehr in alle Richtungen. Fred hatte der Typ zum Glück noch gar nicht entdeckt. Was vielleicht ein Vorteil war. Von hinten war im Moment gar nichts mehr zu hören. Hoffentlich war er nicht eingepennt.

»Wieso ich?«, fragte Jonathan, um für Ablenkung zu sorgen. »Es sind so viele schöne Autos auf der Straße …«

»Meine Idee. Genial, gell? Was ist vor Weihnachten unauffälliger als ein Paketauto, das es eilig hat?«

»Hm«, brummte Jonathan unzufrieden.

Die Ampel wurde grün. Sie bogen in die Landshuter Straße ein.

»Nächste links«, kam es von rechts und dann: »Langsam. Da vorne hältst du. In der zweiten Reihe!«

»Wir blockieren doch die komplette Straße!«

»Paketfahrer dürfen das. Vor Weihnachten dürfen die alles. Weil sie Geschenke bringen. Genial, gell?«

Jonathan bremste wie geheißen.

»Warnblinke an, Idiot!«

Der Druck der Revolvermündung wurde eine Spur schwächer.

»Und jetzt?«, fragte Jonathan zaghaft. »Laden wir jetzt Pakete ein, oder liefern wir welche aus?«

Sie standen vor einem Wohnhaus, Altbau, nicht mal besonders schön oder gar protzig. Im Erdgeschoss ein Handarbeitsgeschäft, das natürlich längst geschlossen hatte. Die Schaufenster waren weihnachtlich geschmückt und beleuchtet. Kurzwaren lagen neben Tannenzweigen und Engelchen mit Glitzerflitter. Lichterketten blinkten bunt.

»Fresse halten und machen, was Papi sagt«, erwiderte der Fremde ruhig, ja fast freundlich.

»Du bist also kein ... Bulle?«

»Bulle? Ich?« Der andere lachte auf eine Weise, die alles, nur nicht lustig war, und der Druck des Revolvers wurde noch stärker. »So, Freundchen, du darfst jetzt Feierabend machen. Ab hier fahre ich. Und zwar allein.«

Jonathan bemerkte aus den Augenwinkeln einen schnellen Schatten, und schon zerknallte eine leere Schnapsflasche auf dem Kopf des arroganten Beifahrers. Eine fast leere Flasche. Ein bisschen von Freds Fusel spritzte in Jonathans Gesicht. Manchmal war Fred also doch zu etwas zu gebrauchen. Der war auch schon dabei, den ungebetenen Fahrgast nach hinten zu zerren.

»Hast du irgendwas, um ihn zu fesseln?«, fragte Jonathan.

»Mir wird schon was einfallen«, klang es hohl und keuchend aus dem Laderaum. »Außerdem braucht der eine Weile, bis er wieder die Augen aufmacht.«

»Jetzt könnte ich auch einen Schnaps vertragen.«

»Gibt aber keinen mehr.«

Gehorsam legte Jonathan den ersten Gang ein und ließ die Kupplung kommen. Bevor der Wagen Fahrt aufnahm, wurde die Beifahrertür aufgerissen und ein junger, sportlicher Typ mit Dreitagebart und Vollglatze schwang sich herein. In der rechten Hand eine Rewe-Tüte, in der linken eine Pistole. Auch er trug einen teuren Anzug.

»Und ab die Post!«, rief der Neue atemlos. »War voll easy. Genau, wie du gesagt hast.« Sein Blick fiel auf Jonathan. »Wer bist du denn? Und wo ist ... ähm?«

»Dein Ähm wartet zwei Straßen weiter. Kleine Planänderung.«

»Planänderung? Ich versteh nicht ...«

»Entspann dich. Alles im grünen Bereich.«

Jonathan wunderte sich selbst, woher er auf einmal diese eiskalte Ruhe nahm.

Das Problem war, dass Fred nun keine Flasche mehr hatte, die er dem neuen Typ über die Glatze ziehen konnte. Hoffentlich fiel ihm etwas Anderes ein. Hoffentlich war er jetzt nicht doch eingeschlafen, denn von hinten hörte man plötzlich wieder gar nichts mehr. Was gut war. Was schlecht war.

»Scheißjob, was?«, fragte der neue Beifahrer. »Pakete ausfahren vor Weihnachten stell ich mir unterirdisch stressig vor. Du bist doch der Pakettyp, oder?«

»Klar bin ich der Pakettyp. Wer soll ich sonst sein?«

»War nicht ausgemacht, dass Kevin die Karre übernimmt? Und du sie in einer Stunde als geklaut meldest?«

»Planänderung, wie oft soll ich's noch sagen?«

»Hat Kev also Schiss gekriegt.« Der Andere fuchtelte ebenso rat- wie planlos mit seiner Pistole herum. Seine Einkaufstüte hatte er im Fußraum abgelegt. Sie schien schwer zu sein. Jonathan hatte sich inzwischen in den Verkehr in Richtung Donau eingereiht und beschleunigte.

»Hast voll recht. Vor Weihnachten ist's ein Scheißjob. Seit Krise ist, geben die Leute auch kaum noch Trinkgeld.«

»Wo steckt denn nun Kev?«

»Hat er dich nicht angerufen?«

»Wollte er?«

Warum macht Fred denn nichts?, fragte sich Jonathan zunehmend verzweifelt. Der erste Typ war zwar ein geschniegeltes Arschgesicht gewesen, aber der hatte wenigstens Nerven gehabt. Der Neue – direkt furchterregend, wie der mit seiner Knarre herumzappelte.

»Er hat gesagt, er ruft mich an, und du sollst mich abholen?«

»Kann's nicht ändern. Bin bloß der Fahrer.«

»Und wo genau? Wo steigt er zu?«

»Er steht am Straßenrand und winkt, hat er gesagt. Wir sollen einfach in Richtung Regenstauf fahren, hat er gesagt.«

»Regenstauf? Was sollen wir denn da? Du verarschst mich doch, gib's zu!«

Schon wieder spürte Jonathan den Druck einer Pistolenmündung in der Hüfte. Einer Pistole, die nicht nur geladen, sondern auch entsichert war, wie er deutlich gesehen hatte.

Neben ihm begann ein Handy zu trillern. Der Typ nahm die Pistole weg, riss hektisch das iPhone aus der Innentasche seines Edeljacketts.

»Ja?«, fragte er krauser Stirn. »Kev? ... Ah, du bist's, Oli ... ja, alles glatt gelaufen ... oberglatt sogar. Klar, hab ich die Ware ... Kev? Keine Ahnung. Hat wohl kalte Flossen ...«

Der Irre auf dem Beifahrersitz fluchte sein Nobelhandy an und sah aus, als würde er es am liebsten aus dem Fenster schmeißen.

»Netz weg«, knurrte er und steckte es wieder weg. Der Druck der Pistolenmündung wurde schmerzhaft. Und Fred, der Blödmann, schlief hinten gemütlich seinen Rausch aus.

Inzwischen waren sie aus der Stadt heraus, fuhren mit vorschriftsmäßiger Geschwindigkeit auf der B15 am Regen entlang nordwärts. Hier war nicht mehr viel Verkehr.

Der Irre beruhigte sich wieder und sagte: »Fahren wir also nach Regenstauf, wieso nicht?«

Jo behielt ständig den Rückspiegel im Auge in der Hoffnung, einen Streifenwagen zu sehen. Aber kein Polizei weit und breit. Wenn man sie einmal brauchte, diese Typen ...

»Nur so 'ne Frage«, wagte Jo zu sagen. »Könnt'st vielleicht deine Wumme woanders hintun?«

Zu seiner Überraschung nahm der andere die Waffe weg, zielte spielerisch auf die Windschutzscheibe, aufs Beifahrerfenster. Inzwischen waren die Lichter der Stadt nicht mehr zu sehen, nur noch ein roter Schein am Himmel.

Sie erreichten Zeitlarn, verließen es wieder, und Jonathan hatte immer noch keine Idee, wie er den Irren neben sich außer Gefecht setzen könnte.

»Wieso stinkt's hier eigentlich so nach Schnaps?«, fragte der Irre und zielt immer noch ständig auf alles Mögliche.

»Hat schon so gestunken, wie ich die Kiste am Nachmittag übernommen hab.«

»Sauft ihr bei der Arbeit, oder was?«

»Ich jedenfalls nicht«, erwiderte Jonathan gekränkt. Der Typ würde ihn früher oder später abknallen, das war klar, im Laderaum seinen bewusstlosen Kumpel finden und daneben einen selig pennenden Silberengel. Und dabei war sein Plan doch wirklich absolut perfekt gewesen.

Nie wieder Glühwein, schwor er sich. Falls ich hier lebend rauskomme, wonach es im Moment leider ganz und gar nicht aussieht, werde ich nie wieder ein Glühweinglas auch nur anrühren!

Ein schwarzer BMW überholte mit Affentempo, scherte viel zu knapp vor dem Paketauto ein, weil er nämlich nach rechts in Richtung Mühlhof abbiegen wollte, und es krachte nur deshalb nicht, weil Jonathan voll in die Eisen stieg. Neben ihm knallte ein ohrenbetäubender Schuss, Jonathan erschrak, das Paketauto kam ins Schlingern, rumpelte und holperte über unebenen Boden, und Augenblicke später krachte es ein zweites Mal.

Jonathan war zum Glück angeschnallt gewesen. Der auf dem Beifahrersitz nicht. Er schien bewusstlos zu sein. Lag mit dem Kopf auf dem Armaturenbrett, zog ein blödes Gesicht und hielt endlich die Fresse.

»Aua, verdammt!«, tönte es von hinten. »Was machst'n für'n Scheiß, Jo?«

»Kann nichts dafür.« Jonathan schaltete sicherheitshalber die Scheinwerfer aus. Bisher schien niemand den Unfall bemerkt zu haben. Der BMW war längst verschwunden. Sie standen einige Meter links von der Straße entfernt zwischen Bäumen, wurde ihm erst jetzt klar. Er war von der Fahrbahn abgekommen und volle Kanne gegen eine Buche gedonnert.

»Was macht der andere Typ?«, fragte Jonathan.

»Ist bei dem Crash nach vorne gerauscht und hat sich übelst die Birne angehauen. Der Kopf hängt ganz komisch, guck mal.«

»Der hier vorne blutet«, stellte Jonathan fest. »Wie's aussieht, hat er sich selber abgeknallt.«

Für Sekunden herrschte ratlose, ungläubige, erschrockene Stille. Hinter ihnen fuhr ein Auto in Richtung Stadt. Der Fahrer bemerkte das Paketauto zwischen den leise im Wind rauschenden Bäumen nicht.

»Fred, der Typ bei dir hinten hat doch ungefähr deine Größe, oder?«

»Könnt hinkommen, ja.«

»Dann pass mal genau auf«, sagte Jonathan langsam. »Mir ist nämlich grad eine voll geniale Idee gekommen ...«

»Bloß nicht, um Gottes Willen, nicht schon wieder so ein Plan!«

Montag, 23. Dezember

Laut der Pressestelle der Polizeidirektion Regensburg wurden am Samstagabend im Zusammenhang mit einem rätselhaften Verkehrsunfall auf der Bundesstraße 15 gleich zwei Verbrechen aufgeklärt. Ein erst wenige Minuten zuvor als gestohlen gemeldeter Paketwagen kam aus bisher unbekannten Gründen von der Straße ab und prallte gegen einen Baum. Die Insassen, beide polizeibekannte Gewohnheitsverbrecher, kamen dabei ums Leben. Der Fahrer, Kevin S., ein mehrfach vorbestrafter Einbrecher, brach sich offenbar beim Aufprall auf das Lenkrad das Genick. Gekleidet war er in ein Engelskostüm, in welchem er etwa eine halbe Stunde zuvor an einem

Überfall auf einen Glühweinstand auf dem Neupfarrplatz mitgewirkt hatte. Sein Beifahrer, Helmut K., vorbestraft wegen Körperverletzung und schwerem Raub, kam ebenfalls ums Leben, da er sich bei dem Aufprall versehentlich mit einer ungesicherten Pistole in den Unterleib schoss und verblutete. Dieser soll, berichtet die Polizei weiter, nicht nur an dem Überfall auf den Glühweinstand beteiligt gewesen sein, sondern Minuten später auch noch im Stadtosten einen vierundachtzig jährigen Pensionär ausgeraubt haben. Sowohl von der Beute des Überfalls auf dem Christkindlmarkt als auch vom Schmuck und von den Goldmünzen (im Wert von weit über hunderttausend Euro) vom Raub an dem Pensionär fehlt bislang jede Spur, so die Polizei. Man arbeite fieberhaft an der Aufklärung der merkwürdigen Ereignisse und verfolge bereits mehrere viel versprechende Spuren.

Markéta Čekanová

Ein Fall von lauter Großvätern

Drei Autos mit deutschen Kennzeichen fuhren langsam über vernachlässigte Wege, die von der Grenze durch den Wald nach Tschechien führten. Nach ein paar Kilometern hielten die Wagen bei den Überresten eines alten Friedhofs an. Dem ersten entstieg ein etwa fünfunddreißigjähriger hochgewachsener Mann in dunklem Mantel. Er ging ums Auto herum, öffnete die Beifahrertür und half einer kleinen gebeugten Alten beim Aussteigen. Sie richtete ihren Mantel und legte sich gegen den schneidend kalten Wind einen dicken Schal um.

Aus den übrigen Autos stiegen einige Leute unterschiedlichen Alters aus. Einer hielt eine Schaufel in der Hand, ein anderer eine Urne. Schweigend durchschritten sie das halbverfallene Friedhofstor und gingen zwischen hohen Eichen in Richtung der rückwärtigen Mauer. Sie passierten Gräber mit geneigten, verblassten Kreuzen, von denen die Namen lang Verstorbener still entschwanden, und auch einige noch erhaltene Gräber mit ausgebesserten Grabsteinen. Bei einer schönen Schmiedearbeit mit der Aufschrift *Familie Löffelmann* kamen sie zum Stehen. Auch an ihr hatte der Zahn der Zeit genagt, der sich in dieses Stück Europas mit besonderer Lust verbissen hatte.

»Ist dieses das richtige Grab?«, fragte der Mann im dunklen Mantel die Alte. Unter dem steinernen, von Moos überwucherten Sockel des Kreuzes war die Erde deutlich höher aufgeworfen als auf den umliegenden Gräbern.

Sie nickte. Dann sah sie sich um. »Hier liegen Großvaters Großeltern. Und seine Schwester Antje, die mit fünf Jahren an Diphtherie gestorben ist«, sagte sie, den Blick über die Friedhofsmauer in die Ferne gerichtet, auf die grüne Ebene und die Hügel, die zur bayerischen Seite der Grenze abfielen.

Der Mann mit der Schaufel, ein junger Blonder in blauem Anorak, blickte die Alte noch einmal an. Dann stieß er die Schaufel in die schwere, feuchte Erde und warf die erste Ladung zur Seite. Beim zweiten Mal stutzte er. Die Schaufel ging nicht tiefer. Er zog sie heraus und versuchte es ein Stück daneben noch einmal. Als er die dritte Schaufel voll Erde aushob, stieß die Frau neben ihm, eine fünfzigjährige mit rotem Hut, einen Schrei aus. Im alten Grab kam ein menschlicher Fuß zum Vorschein.

*

Die Sonne drang durch die Jalousien, die jeden einzelnen Lichtstrahl brachen und in ein goldfarbenes Geschoss verwandelten, das unbeirrbar seinen Weg in Kapitán Borůvkas Gehirn nahm. Wenn dann draußen auch noch eine Straßenbahn klingelte oder ein Rettungsfahrzeug heulte, konnte er deutlich fühlen, wie es ihm die Schädelknochen auseinandertrieb und sein Verstand sich davonmachte. Die gestrige Junggesellenabschiedsparty eines guten Freundes war ein durchschlagender Erfolg gewesen.

»Steh auf!« Die Stimme von Major Suda fuhr wie ein Beil in Borůvkas Kopf.

»Gib mir irgendeinen Fetzen, den ich mir um den Kopf wickeln kann, oder lass mich in Ruhe«, erwiderte er matt.

»Weder das eine noch das andere. Wir haben eine Leiche«, sagte Suda streng und fügte vielversprechend hinzu: »Sie wird dir Spaß machen.«

»Wenn Leichen mir keinen Spaß machen würden, wäre ich ja auch im Schuldienst geblieben«, seufzte Borůvka. Er hatte ein Lehramtsstudium hinter sich, aber schon während der Studienzeit hatte er das Gefühl bekommen, dass es nicht wirklich sein Lebensziel war, vorne an der Tafel zu stehen. Im fünften Semester hatte er sich daher für Jura eingeschrieben und sich nach dem Studium an der Polizeiakademie angemeldet.

»Erfahre ich noch mehr?«, fragte er, als er Suda endlich auf der Treppe vor dem Gebäude eingeholt hatte. Die Sonne verschwand hinter Wolken, und ein feiner Regen setzte ein. Es war Herbst.

»Wir haben eine Leiche in einem Grab.«

Kapitán Borůvka hielt inne und glaubte einen Augenblick lang an einen Scherz, mit dem Suda ihm den Kater austreiben wollte. »Dort pflegen sich guterzogene Leichen gemeinhin aufzuhalten«, bemerkte er.

»Die ist mehr so eine Art Hausbesetzer: treibt sich in einem Grab rum, wo sie nichts verloren hat«, erklärte Suda und startete den Wagen.

»Ein Gentlemanmörder also: Wenn schon umbringen, dann auf dem Friedhof, damit es die Raben nicht so weit haben«, nickte Borůvka einsichtsvoll und hatte das Gefühl, sein Gehirn schlage dabei an das Schädelinnere. Er fuhr sich mit der Hand über die Stirn, öffnete das Fenster und holte tief Luft. »Also, erzähl schon.«

»Potočnice, ehemals Altbach. Eins von den untergegangenen Dörfern an der Grenze. Nur der Friedhof ist davon übrig geblieben. Und dort wurde in einem Grab eine frische Leiche gefunden.«

*

Sie fuhren von der Autobahn ab, und nach ein paar Kilometern wurde die Landstraße zu einer schmalen, grob geteerten Ortsverbindungsstraße, die sich mit letzter Kraft gegen den Wald zu stemmen schien. Dann wichen die Fichten und Kiefern unversehens zurück, und vor Suda und Borůvka öffnete sich ein Ausblick in eine unberührte Landschaft. Der Herbst kleidete sie in goldene und bronzefarbene Schattierungen. Am blauen Himmel hingen graue Wolken, aus denen es jeden Augenblick wieder regnen konnte. Die Straße wand sich in einigen scharfen Kurven, überquerte einen Bach und verschwand von neuem im Wald.

Sie bogen auf einen noch schmaleren Wirtschaftsweg ab. Nur das Navigationssystem am Armaturenbrett wusste noch, wo sie waren. Sie fuhren durch České Domky, eines der wenigen Dörfer, die geblieben waren. Potočnice gehörte zu seinem Katastralgebiet. České Domky selbst bestand aus höchstens fünfzehn Häusern, dominiert von einem merkwürdigen Bauwerk, irgendwas zwischen besserer Bushaltestelle und Dorfjugendklub. Es sah aus, als gehörte es nicht hierher, sondern wäre von einem heftigen Wind aus dem Landesinneren hergeweht worden. Die Aufschrift über der Tür verkündete die Existenz eines Wirtshauses, und eine Tafel neben der Tür gab Auskunft, dass man hier das Gemeindeamt fände.

»Wo geht's denn zum alten Friedhof in Potočnice?«, rief Major Suda einem Mann in schmutziger Montur zu, der an der Dachrinne herummachte. Entweder war er dabei, sie instandzusetzen, oder sie zu klauen.

»Die Friedhof?«, sagte der Mann bedächtig und mit merkwürdigem Akzent.

»Der alte Friedhof. Im Wald. Wohl eher der Rest von einem Friedhof«, fügte Borůvka hinzu.

»Was glauben Sie, wie viele ehemalige Sudetendeutsche dahin fahren?«, keifte eine Frauenstimme von der anderen Straßenseite. Die dazugehörige Person, in einen alten Mantel gehüllt, der nach Militär aussah, fasste die Polizisten scharf ins Auge. »Was wollen Sie denn dort?«

Suda stieg aus und hielt der Frau seinen Dienstausweis vor die Nase: »Polizei. Also, wo ist der Friedhof?«

Die Frau nahm fast unmerklich Haltung an. »Immer geradeaus und am Dorfende, vor dem Forsthaus, nach links. Dort«, sie zeigte mit der Hand die Richtung an, »ist die Straße auch zu Ende.«

*

Die Techniker waren bereits an Ort und Stelle, zwischen den Überresten der Gräber leuchtete das rot-weiße Absperrband. Die Gruppe der deutschen Hinterbliebenen stand am Friedhofstor.

»Spricht hier jemand Tschechisch?«, fragte Major Suda. Die Deutschen sahen einander an.

»Nicht mehr«, sagte die Alte mit brüchiger Stimme.

»Aber ich spreche Deutsch«, sagte Borůvka, und erst jetzt fiel seinem Vorgesetzten wieder ein, dass der Kapitán an der Pädagogischen Fakultät Deutsch und Sport studiert hatte.

»Dann quetsch sie aus.« Erleichtert klopfte er ihm auf die Schulter und machte sich daran, den Tatort zu besichtigen.

»Wir sind zu einer Beerdigung gekommen«, begann der Große im dunklen Mantel vorsichtig. »Großmutter wollte Großvater hier begraben. Sie stammen von hier. Sie sind beide hier geboren«, sagte er, als ob er über Glassplitter schreiten würde.

»Hier wird aber schon lang nicht mehr beerdigt, oder?«, wunderte sich Kapitán Borůvka.

»Aber wir sind hier zuhause«, ließ sich leise, aber mit Stolz die Alte vernehmen. »Maria Löffelmann. Ich bin das letzte Kind, das hier in Altbach geboren wurde«, stellte sie sich vor. Borůvka schluckte nur. Dann zog er sein Notizbuch heraus und begann, die Namen und Schilderungen der Anwesenden festzuhalten.

Major Suda stand unterdessen an dem alten Grab, welches das unerwartete Geheimnis preisgegeben hatte.

»Sieht nicht so aus, als ob er schon seit dem Krieg hier liegen würde«, äußerte er, als er sich das Opfer näher besehen hatte. Es war ein Mann, etwa fünfzig oder sechzig Jahre alt. Jeans, Sportschuhe, schwarzer Anorak. Und eingeschlagener Schädel.

»Er liegt seit dem Frühjahr hier«, sagte der Pathologe. »Auf alle weiteren Fragen kann ich nur mit dem klassischen Satz ›mehr nach der Obduktion‹ antworten.«

»Was ist denn hier los?«, unterbrach sie eine grobe Männerstimme. Ein dicklicher Kahlkopf kam raschen Schrittes auf den Friedhof. Er trug eine Lederjacke und hatte einige Goldketten um den Hals.

»Polizei.« Suda zeigte ihm den Dienstausweis und las mit kundigem Auge in seinen Gesichtszügen.

»Haben wohl wieder mal 'n paar Helmuts ihren Urgroßvater beerdigt? Das machen sie ständig, wegen sowas brauchen Sie nicht herkommen. Die prügel ich schon selber hier raus.«

»Wie bitte?«, entgegnete Suda. »Mit wem habe ich denn bitteschön die Ehre?«

»Ivan Sušič. Bürgermeister von České Domky. Die Sudetendeutschen, denen das früher mal gehört hat, kommen andauernd hierher und verbuddeln Urnen mit Asche. Ich schmeiß sie jedes Mal raus, mitsamt ihren Urgroßvätern«, sagte er und gab einen schmatzenden Laut von sich.

»Ich zweifle nicht daran, dass hier schon lange keine Beerdigungen mehr stattfinden und dass man hier auch keine Urnen einlagern darf, aber deswegen sind wir auch gar nicht hier. Wir sind wegen einer Leiche hier, die noch verhältnismäßig gut erhalten ist. Wissen Sie, wer das ist?« Er führte den Bürgermeister zu dem Körper, den man unterdessen bereits aus dem Grab geholt hatte. Jetzt lag er in einem Sack auf einer Bahre.

Der Bürgermeister machte eine abweisende Geste. »Glaub nicht.« Sein Gebell klang etwa eine Quarte höher als noch vor ein paar Sekunden.

»Sie glauben?«, fragte Suda gedehnt.

»Nein. Weiß nicht. Irgendwelche Leute aus Prag haben sich hier ein paar alte Hütten gekauft, und dann gibt's noch 'nen Holländer, der hier ständig was aufkauft. Aber ich kenn die alle nicht.« Ivan Sušičs Stimme klang ein wenig fester, aber noch immer unnatürlich hoch.

*

Die Familie Löffelmann konnte praktisch gleich aus dem Kreis der Verdächtigen ausgesondert werden. Aus Altbach waren sie weggegangen, oder besser, geflohen im Sommer 1945. Der Großvater, den sie hier beerdigen wollten, war damals ein vierjähriger Junge gewesen. Maria Löffelmann hieß damals noch Schmied und war ein Säugling, der noch in der Wiege lag. Das letzte Kind, das in Altbach geboren worden war, so hatte sie gesagt. Borůvka und Suda versuchten, sich diese Zeit vorzustellen. Sie wussten, was damals geschehen war, und ihnen war auch ziemlich klar, warum. Dennoch waren ihnen die Löffelmanns sympathischer als der Bürgermeister Sušič.

Dieser war ein Nachkomme von Neuansiedlern aus der Südslowakei, die in der zweiten Hälfte der Vierzigerjahre in die entvölkerten sudetendeutschen Dörfer kamen. Sie waren arm, hatten nie was gehabt, konnten nicht wirtschaften und plünderten somit die Dörfer eher aus. Und dann kam die tschechoslowakische Armee und mit ihr das Sperrgebiet, das tief ins Landesinnere reichte. Die Dörfer verfielen, und was von ihnen übrig blieb, diente nicht selten als Kaserne oder als Zielscheibe für Schießübungen.

»Also, die historischen Fakten hätten wir hinreichend detailliert beisammen«, resümierte Suda. »Jetzt würde mich nur noch interessieren, wer der Tote ist und wie er gestorben ist.«

»Ein Schlag auf den Kopf mit einem scharfen Metallgegenstand und mit erheblicher Kraft ausgeführt. Ich tippe auf eine Schaufel«, ließ sich eine Stimme von der Tür vernehmen. Der Pathologe war gekommen und übergab Borůvka die Mappe mit dem Obduktionsbericht.

»Todeszeitpunkt?«, fragte der Kapitán und öffnete die Mappe.

»Mai. Anhand des Verwesungsstadiums und der Käferarten, die den Körper besiedelt haben. Steht alles hier drin«, entgegnete der Pathologe.

»Jemand zieht dem Kerl eine Schaufel über den Kopf, und dann scharrt er ihn – mutmaßlich mit derselben Schaufel – auf dem alten Friedhof ein. Vermisste im Mai und Juni?«

»Niemand, der dem entsprechen würde«, sagte Borůvka und reichte ihm den Obduktionsbericht.

Suda zuckte die Schultern und warf die Mappe auf den Tisch. »Also machen wir einen Ausflug und fragen uns durch von Haus zu Haus.«

*

Auch beim zweiten Mal hatten sie nicht gerade den Eindruck, in České Domky willkommen zu sein.

»Wieso leben hier überhaupt Leute?«, überlegte Borůvka.

»Mich würde noch mehr interessieren, warum welche herkommen. Vergiss nicht, was der Bürgermeister gesagt hat: ein paar Prager haben sich hier Wochenendhäuser gekauft, und irgendein Holländer ist auch noch hergezogen.«

»Der wird sich bestimmt bloß verirrt haben«, lachte Borůvka und begann, den Matrosenchor *Steuermann, lass die Wacht!* aus dem *Fliegenden Holländer* nachzupfeifen.

»Der *Fliegende Holländer* ist ein verwunschenes Schiff, das nichts Gutes verheißt. Hier werden wir zwar schwerlich auf das Schiff treffen, aber der unbekannte Tote im fremden Grab verheißt ebenfalls nichts Gutes«, brachte Suda ihn zum Schweigen. Den definitiven Schlusspunkt unter Borůvkas Operneinlage setzte schließlich das Signal des Mobiltelefons.

Die Recherchebeauftragte sandte ihnen das Verzeichnis der Einwohner und Immobilieninhaber von České Domky. Es waren nicht viele. Eigentlich deutlich weniger, als das Dorf offiziell Konskriptionsnummern hatte. Dem Holländer Tim Hein van Eeden gehörten hier das ehemalige Schulhaus, die Pfarrei, ein Gutshof, drei Wochenendhäuser und alle Felder und Wiesen drumherum. Drei weitere Liegenschaften besaßen Leute aus Prag. Die übrigen drei Grundstücke gehörten Hiesigen.

»Polizei. Wir ermitteln in einem Mordfall. Können Sie uns ein paar Minuten Ihrer Zeit widmen?«, sprach Suda einen Mann schwer schätzbaren Alters an, der auf einem Hof voller Gerümpel und Brennnesseln herumfuhrwerkte.

»Das war also ein Mord, ja?«, gab er zurück, ohne seine Tätigkeit zu unterbrechen.

»Wir müssen den Toten identifizieren. Könnten Sie etwas näherkommen?«, forderte Borůvka ihn auf und streckte ihm die Hand mit der Fotografie des Gesichts entgegen, das ein halbes Jahr unter der Erde gelegen hatte.

Der Mann spuckte aus. »Pfui Teufel! Müssen Sie mir so was Ekliges zeigen? Darauf erkenn ich gar nix, Sie spinnen wohl!«

»Und im Dorf erzählt man sich nicht zufällig, dass jemand verschwunden ist? Wird hier niemand vermisst?«, insistierte Borůvka.

»Am besten wär's, dieser Holländer würde verschwinden«, nuschelte der Mann durch seine gelben Zähne.

»Warum?«, fragte Major Suda interessiert.

»Warum? Weil er alles aufkauft hier. Das ganze Dorf gehört ihm. Gesocks.« Er spuckte wieder aus und widmete sich wieder seiner Arbeit. Die Polizisten sahen ein, dass hier nichts weiter zu erfahren war.

Bei den nächsten Häusern hatten sie auch nicht mehr Glück. Den mysteriösen Holländer mochte hier niemand, und jeder wünschte ihm das Schlimmste, den Aufenthalt in einem fremden Grab nicht ausgenommen. Den drei Pragern, die hier Wochenendhäuser hatten, brachten die Einheimischen ebenfalls keine größere Zuneigung entgegen. Zwei von ihnen, Familien, hatten ihre Häuser schon vor fast zwanzig Jahren gekauft; der dritte dagegen, ein alleinstehender Mann, erst im vergangenen Jahr.

»So ein ganz gutaussehender Bursche, aber alt«, beschrieb ihn eine hübsche, schlanke, dunkelhäutige junge Frau und schob nach jedem Wort ihren Kaugummi im Mund hin und her.

»Was meinen Sie mit alt?«, fragte Suda.

Das Mädchen musterte ihn von Kopf bis Fuß. »Ungefähr wie Sie.«

Kapitán Borůvka biss sich auf die Zunge.

*

Die folgenden Tage verbrachten Suda und Borůvka am Rechner. Sie taten ihr Bestes, zu den Geheimnissen vorzudringen, die von den Immobilienbesitzern in České Domky, seien sie nun bereits vor dem Krieg oder erst vor ein paar Jahren hierher gekommen, gehütet wurden. Tim Hein van Eeden besaß in diesem Dorf außer Häusern und Grund auch noch ein paar Firmen und Gesellschaften, eine dubioser als die andere. Alle hatten ihren Sitz im Gebäude der ehemaligen Pfarrei. Es gab eine Jagdvereinigung, ein Golfressort, zwei Firmen, die mit Computertechnik zu tun hatten, sowie drei nicht näher spezifizierte Handelsgesellschaften. Im Schulgebäude hätte sich ein Luxushotel befinden sollen.

Die Prager Familien nutzten allem zufolge ihre Liegenschaften nur als Wochenendhäuser. Der dritte Prager, ein gewisser Zdeněk Mánek, besaß eine Einödruine hinter dem Friedhof, der im Katastralbereich des ehemaligen Altbach, also Potočnice lag. Bis zur Mitte der Neunzigerjahre war sie Eigentum des Staates gewesen und dann an die Gemeinde übergegangen.

»Im Jahr 2002 hat van Eeden sie gekauft, beziehungsweise seine Firma Computer Plus. Und als einzige seiner

Immobilien hat der Holländer sie später weiterverkauft. Zdeněk Mánek ist im Grundbuch seit dem Jahr 2017 als Eigentümer eingetragen«, las Kapitán Borůvka vom Monitor ab.

»Diese Burschen fangen an, mich enorm zu interessieren. Und als Bonus noch dieser Bürgermeister. Von wegen, dass er angeblich nicht weiß, wer sich in seinem Kaff Häuser kauft.« Suda gestikulierte heftig. Kurze Zeit später rasten sie erneut ins Grenzland.

Borůvka saß am Steuer, und Suda las sich auf dem Weg den Tatortbericht und den Forensikbefund durch. Sehr ergiebig waren sie nicht. Die Leiche war lang im Grab gelegen, sodass keine Spuren herangezogen werden konnten. Der Mann, etwa fünfzig Jahre alt, war durch einen Schlag mit einem Metallgegenstand, vermutlich eine Schaufel, getötet worden. Keine Spuren eines Kampfes, keine weiteren Verletzungen. Der Pathologe hatte eine Liste der gesundheitlichen Probleme beigefügt, die der Mann gehabt haben dürfte. Auch Krebs war darunter. In Behandlung, aber bereits fortgeschritten. Das könnte eine Spur sein. Irgendeinem Onkologen musste doch im Frühjahr ein Patient abhanden gekommen sein!

*

Diesmal fuhren sie gleich weiter durch České Domky. Vor dem alten Friedhof bogen sie in den Wald ab. Das Auto hüpfte über eine gepflasterte Straße voll hervortretender Wurzeln, bis sie vor einem verlassenen Gebäude ankamen. Der unverputzte Ziegelbau musste einmal ganz ansehnlich gewesen sein. Jetzt stand er verwaist da, von stillem Wald umgeben. Zwei verwilderte Kirschbäume und ein zur Erde geneigter Apfelbaum legten schweigend davon Zeugnis ab, dass hier einmal ein Garten gewesen war, in dem Kinder gespielt hatten, Wäsche zum Trocknen auf der Leine hing und Möhren, Kartoffeln und Rhabarber wuchsen.

Borůvka hatte das Gefühl, als griffe die personifizierte Geschichte dieses Landstrichs nach ihnen. Etwas, das sich hier ereignet hatte, worüber nicht gesprochen werden durfte. Als ob ein riesenhafter Radiergummi ein halbes Jahrhundert aus dem Gedächtnis der Welt ausradieren wollte.

Sie blickten sich um. Major Suda überlegte, wo sie am besten beginnen und was sie eigentlich suchen sollten. Sie klopften an die Tür. Nichts. Suda griff nach der Klinke. Sie ging schwer. Die Tür ächzte und schaukelte in den Türangeln. Vorsichtig traten sie ein.

»Zdeněk Mánek?«, riefen sie in die modrige Luft. »Polizei!«

Die Antwort war Stille. Das Haus war leer. Das Geschirr in der Küche war von Schimmel überzogen, die durcheinanderliegenden Federdecken auf dem Bett fühlten sich feucht an. Ein gerahmtes Foto auf der verstaubten Kommode war wellig von Feuchtigkeit. Borůvka betrachtete das Porträt einer Frau in einem dunklen Kleid mit Häkelkragen, auf dem eine Kette mit Medaillon funkelte. Von der Decke ließ sich eine Spinne herab, schaukelte ein wenig und kletterte flink wieder nach oben. Hier war nicht nur schon lang nicht mehr sauber gemacht worden, sondern sehr wahrscheinlich war hier lange Zeit überhaupt niemand mehr gewesen.

Die Polizisten gingen hinter das Haus, dorthin, wo einst der Garten gewesen war. Das Gras stand hoch, Brennnesseln wucherten mit Himbeeren und Brombeeren durcheinander. Nur ein paar Steinhaufen ließen erkennen, dass sich hier einmal ein Zaun befunden haben musste. Major Suda bewegte sich mit seiner dreißigjährigen Berufserfahrung durch alles hindurch. Er rief sich ins Gedächtnis zurück, was er in all diesen Jahren alles gesehen hatte und was ihn die älteren Kollegen zu suchen und zu sehen gelehrt hatten.

Kapitán Borůvkas Mobiltelefon klingelte. Die Kollegin von der Recherche. Es war ihr gelungen, einen Onkologen ausfindig zu machen, dem seit dem Frühjahr ein Patient fehlte, mit eben jener Diagnose, die auch ihr Mordopfer hatte.

»Es ist –« Gerade als sie den Namen durchgeben wollte, verstummte Borůvkas Telefon. Im Grenzland geriet man immer wieder in Funklöcher.

»Komm her! Und bring eine Schaufel oder Hacke mit!«, rief im selben Moment Major Suda. Er stand in einer entlegenen Ecke des verwilderten Gartens. Als Borůvka sich umsah, wo er ein solches Werkzeug finden könnte, wurde seine Aufmerksamkeit von etwas anderem gefesselt. Auf dem Weg zum Haus hielt ein Auto an. Doch augenblicklich legte der Fahrer wieder den Rückwärtsgang ein, und der Wagen verschwand. Borůvka lief vors Haus, aber nicht einmal mehr die Lichter des Wagens waren zu erkennen.

An der rückwärtigen Hauswand befand sich ein drangeklebter Holzverschlag, der offensichtlich als Schuppen diente. Kapitán Borůvka fand darin ein stumpfes Beil, einen Rechen mit abgebrochenem Stiel, einen Haufen vermodertes Holz, ein paar morsche Stricke und eine Handvoll verstreuter Nägel. Eine Schaufel sah er nirgends. In einer Ecke lehnten ein paar Bretter. Daneben erblickte er eine Hacke. Er nahm sie, lief hinaus und hieb mit ihr ins Gestrüpp, das sich vom Schuppen bis zu den Überresten des Zauns zog, als hätte er eine Sense in der Hand und wolle es niedermähen. Beim zweiten Schlag stutzte er. Bückte sich. Aus dem Buschwerk ragte ein Stiel heraus.

»Wo bleibst du mit der Schaufel?«, rief Suda. »Sieht so aus, als wäre hier noch ein Grab.«

»Und hier ist eventuell die Mordwaffe«, antwortete Borůvka. Der Stiel im Gebüsch gehörte nämlich zu einer Schaufel.

*

Während die Techniker Zdeněk Máneks Haus und Garten durchkämmten, machten sich Suda und Borůvka auf den Weg zum Bürgermeister. Ivan Sušič saß hinter dem Schreibtisch seines kleinen Büros, das ebenso gut das Büro einer Freiwilligen Feuerwehr oder Landwirtschaftsgenossenschaft hätte sein können. Überall herrschte Unordnung, die Gardinen waren verblichen, und von der Decke löste sich der Anstrich.

»Was suchen Sie denn hier die ganze Zeit?«, fragte der Bürgermeister mürrisch, als die Polizisten eintraten.

»Antworten auf Fragen«, antwortete Suda bedächtig. »Wir glauben, dass Sie vom Toten im alten Grab mehr wissen, als Sie uns gesagt haben. Wer war das? Und behaupten Sie bloß nicht, Sie wüssten nicht, wer alles in Ihrem Zehneinwohnerdorf lebt!«

Borůvkas Mobiltelefon ertönte. Die Innendienstkollegin sandte ihm per SMS den Namen des Onkologiepatienten. Er zeigte die Nachricht dem Major.

»Sie haben doch selber bemerkt, wie der ausgesehen hat. Das hätte Gottweißwer sein können. Hier treibt sich doch andauernd irgendjemand herum«, fauchte der Bürgermeister. Er stand vom Schreibtisch auf und begann, nervös an der Gardine herumzuspielen. »Und was wollen die jetzt schon wieder?«, schrie er. Borůvka sah ihm über die Schulter. Draußen hielt ein Auto mit deutschem Kennzeichen. Bestimmt eines von denen, das er beim Friedhof gesehen hatte.

»Vielleicht sind sie gekommen, um noch einen Urgroßvater zu verscharren, wie Sie sagen«, lächelte Borůvka und schob den Bürgermeister, dem der Schweiß auf der Glatze stand, zum Stuhl zurück.

»Und Sie würden sich doch jetzt bestimmt gern daran erinnern, dass Sie den Toten erkannt haben«, sagte Suda unerwartet liebenswürdig.

Ivan Sušič zuckte die Schultern. »Ich hab ihn nicht erkannt.«

Sie kehrten zu Máneks Anwesen zurück. Die Techniker hatten dort unterdessen ein altes Grab geöffnet. Es befand sich ganz hinten, dort, wo der Wald bereits die Zaunreste verschlungen hatte.

»Der hier liegt schon weitaus länger hier als der Erste. Seid ihr euch sicher, dass das früher kein Friedhof war?«, fragte der Pathologe. Sorgsam legte er die aufgefundenen Knochen nebeneinander.

»Es gab immer nur einen Friedhof im Dorf, und wo der ist, weißt du. Dieser Bursche hier, also falls das ein Mann ist, liegt ebenfalls an einer Stelle, an der er nicht liegen sollte«, sagte Suda.

Aus dem dunkelgrauen Himmel begann Schnee zu fallen. Kapitán Borůvka stand vor dem Haus und rauchte nachdenklich eine Zigarette, als sich wiederum ein Auto näherte. Bestimmt dasselbe, das er vor einer Weile schon gesehen hatte. Aber dann sah er, dass es ein deutsches Kennzeichen hatte. Am Steuer saß der junge Blonde im blauen Anorak.

*

Hans Niedermayer sah sich mit unverhohlenem Abscheu in der Stube um, in der mutmaßlich Zdeněk Mánek gewohnt hatte. Wieso hatte ihn der Polizist ausgerechnet hierher bugsiert, zum Teufel? Kapitán Borůvka bot ihm einen Stuhl an, aber Niedermayer zog es vor, zu stehen. Der Polizist schob mit einer Hand die Unordnung auf dem Tisch beiseite und zog einen Notizblock hervor.

»Warum sind Sie hierhergekommen?«, fragte er.

Der Deutsche sah sich um und zuckte milde mit den Schultern. »Den Ort ansehen, wo meine Vorfahren gelebt haben.«

Borůvka sah ihn forschend an. Er glaubte ihm nicht. »Name, Familienname, Geburtsdatum, Wohnort ...«

»Ich bin ausländischer Staatsangehöriger und werde nur in Anwesenheit eines Rechtsanwalts und eines Botschaftsvertreters mit der tschechischen Polizei sprechen«, entgegnete der Blonde kühl.

*

Zwei Tote, aber kein Tatort dazu. Der eine Tote war ungefähr ein halbes Jahr in der Erde gelegen, der andere möglicherweise ein halbes Jahrhundert. Diese Bilanz behagte Major Suda nicht besonders, zumal sie die Sache rätselhafter und komplizierter machte. Das Einzige, was sie mittlerweile mit Gewissheit wussten, war, dass es sich bei dem Toten im fremden Grab um Zdeněk Mánek handelte. Die ärztlichen Befunde stimmten überein, und die Identität war ihnen von seiner Tochter bestätigt worden. Kapitán Borůvka war aufgefallen, dass sie der Frau im dunklen Kleid ähnelte, deren Fotografie sie in Máneks Haus gesehen hatten, etwa auf die Weise, wie eine Enkelin ihrer Großmutter oder Urgroßmutter ähnelt. Fräulein Mánková hatte zwar keinen allzu intensiven Kontakt mit ihrem Vater gepflegt, aber immerhin hatte sie doch ein wenig Licht in diesen merkwürdigen Fall gebracht.

Sie war auf dem unbequemen Stuhl in Sudas Büro gesessen, ein Taschentuch in der zusammengeballten Hand und die Augen von Tränen überschwemmt.

»Er ist von uns weggegangen, als ich acht war, und seitdem haben wir uns nur ein paarmal an Weihnachten gesehen. Als Teenager hab ich ihm alles Mögliche an den Hals gewünscht. Aber jetzt tut es mir leid, dass ich ihm so vieles nicht sagen konnte. Vor allem, weil so viel geblieben ist, was ich ihn nicht mehr fragen kann«, schluchzte sie.

Davon, dass ihr Vater ein altes Haus in Potočnice gekauft hatte, hatte sie nichts gewusst. Aber vage kam ihr in den Sinn, dass der Vater nach dem Auseinanderbrechen der Ehe noch irgendwelchen geschäftlichen Aktivitäten nachgegangen war, die der Mutter nicht zugesagt hatten. »Ich habe nicht mehr viel Erinnerungen daran, aber ich glaube, dass er für andere Leute Immobilien kaufte, und dass irgendeine Gefahr damit verbunden war«, kramte sie aus ihrem Gedächtnis.

Von Hans Niedermayer, der sich auf Rat seines Anwalts schließlich doch dazu herabgelassen hatte, mit der tschechischen Polizei zusammenzuarbeiten, erfuhren sie darüber ein wenig mehr. Zu seiner ursprünglichen Version, dass er sich in České Domky nur habe ansehen wollen, wo seine Vorfahren einst lebten, gesellte sich nun die überraschende Auskunft, dass er dort eine Immobilie erben sollte.

»Erben? Haben Sie denn hier noch Verwandte?«, wunderte sich Major Suda.

Niedermayer schüttelte den Kopf. »Nein. Aber mein Großvater stiefväterlicherseits hat hier ab den Neunzigerjahren eine Reihe Häuser und Grundstücke angekauft. Er wusste, dass von hier ein Teil unserer Familie stammte. Aber hauptsächlich hat es ihm hier gefallen. Jetzt ist er schon alt. Aus den Plänen, die er mit diesen Objekten hatte, Hotel, Golfplatz und so weiter, ist nichts geworden, und deshalb wollte er alles mir übergeben.«

»Golfplatz?«, stieß Suda hervor. »Der Name Ihres Großvaters?«

»Tim Hein van Eeden.«

Im selben Moment öffnete sich die Tür, und die Recherchekollegin streckte den Kopf herein. Sie war noch ziemlich jung, pummelig und nicht besonders hübsch. Aber sie konnte stundenlang in den unterschiedlichsten Datenbanken, Registern, Akten und im Internet fahnden und dabei auf die unglaublichsten Dokumente und Zusammenhänge stoßen. Sie nickte, und Kapitán Borůvka kam heraus.

»Zdeněk Mánek fungierte in den Neunzigern als sogenanntes ›weißes Pferd‹. Er kaufte zu einer Zeit Immobilien im Grenzland auf, als Ausländer dies in der Tschechoslowakei noch nicht durften.« Ihre Augen glitten über das Papier, das sie in der Hand hielt. »Er kaufte insbesondere für einen Holländer namens Tim Hein van Eeden. Für ihn erwarb er Immobilien in České Domky und Potočnice. Und sein Haus hat er ihm letztes Jahr abgekauft.«

Der Kapitán kämpfte die Versuchung nieder, seiner Kollegin einen Kuss auf die Stirn zu drücken. Zurück ins Büro kam er mit dem Triumphgefühl, dass dort Máneks Mörder sitzt. Jetzt nur noch herausbekommen, warum er ihn umgebracht hat.

»Noch was«, rief hinter ihm die Rechercheurin, bevor sie die Tür schloss. »Als Zdeněk Mánek dieses Wochenendhaus in České Domky kaufte, kündigte er seine Arbeitsstelle und hatte seit der Zeit kein nachweisbares Einkommen mehr.«

In Borůvkas Tasche ertönte das Mobiltelefon. Ein Anruf aus dem Labor. »Wir haben zwei Neuigkeiten: Die Schaufel, die ihr bei dem Haus gefunden habt, passt zur Kopfverletzung von diesem Mánek. Es ist also die Mordwaffe. Wir haben auf ihr außerdem Fingerabdrücke gefunden und auch Spuren von Erde, deren Zusammensetzung derjenigen am Fundort des zweiten Toten entspricht. Zweitens: Wir haben bei beiden Leichen einen DNA-Test durchgeführt. Die Datenbanken haben uns nicht weitergeholfen, aber eine Überraschung haben wir trotzdem: Sie sind in erster Linie miteinander verwandt. Wir gehen davon aus, dass die ältere Leiche Zdeněk Máneks Großvater ist.«

*

»Verflixte Großväter! Mein Gott!«, fluchte Major Suda, als er zum vielleicht tausendsten Mal alles durchging, was sie zum Fall aus Potočnice hatten. Er hatte das Gefühl, ein Puzzle zusammenzusetzen, ohne eine Ahnung davon zu haben, wie das fertige Bild aussehen soll. Den Rahmen hatte er fast fertig, aber im Inneren kein einziges Teilchen. »Mánek kauft in den Neunzigerjahren Immobilien in irgendeinem Kaff an der Grenze für irgendeinen Holländer. Solche ›weißen Pferde‹ waren damals weit verbreitet. Wer Geld machen wollte und sich nicht groß um Gesetze kümmerte, hat sich oft auf sowas eingelassen. Es ist fast schon erstaunlich, dass Mánek erst jetzt getötet wurde. ›Weiße Pferde‹ endeten meistens hinter Gittern oder am Grund eines Stausees«, sagte er halb zu sich selbst, halb zu Borůvka, der diese Zeit als Kind erlebt hatte. »Am merkwürdigsten ist aber, dass der Holländer eins dieser Häuser an Mánek verkauft hat. Sollte ausgerechnet dieses Haus für ihn eine Bedeutung gehabt haben? Wusste er, dass im Garten eine Leiche liegt? Oder eben schlimmer noch, dass der Tote sein Großvater ist – wenn er es ist?«

»Herr Major?«, unterbrach die Rechercheurin seinen Monolog. »Ich hab im Dokumentationsarchiv kommunistischer Verbrechen was aufgetrieben, das zu unserem Fall passen könnte. Sie trat forsch an die Tafel mit den Fotografien und Notizen heran. »Zdeněk Mánek, Jahrgang 1970.« Sie zeigte auf das Foto des Opfers. »Seine Mutter Marie Mánková, geborene Truhlářová, wurde im Jahr 1949 als Tochter von Ludmila Truhlářová geboren, und zwar im Gefängnis Písek. Ludmila Truhlářová war festgenommen worden, weil ihr Ehemann Julius Truhlář, Inhaber einer Fabrik für Farben und Lacke, nach dem kommunistischen Umsturz im Februar 1948 nach Deutschland geflohen war. Mehrere Zeugenaussagen belegen, dass er die Flucht geplant und sich mit einem Mann getroffen hatte, der ihm half, die Fluchtpläne zu verwirklichen, und schließlich ist hier noch die Postkarte, die er seiner Frau aus München geschickt hat. Allerdings ist es niemals gelungen, Julius Truhlář aufzufinden.«

Suda fuhr sich durch die Haare. »Räumen wir also die Möglichkeit ein, dass der Tote, den wir im Garten von Máneks Haus gefunden haben, sein Großvater Julius Truhlář ist. Wir befinden uns in der Zeit nach dem kommunistischen Putsch. Er packt Geld, Gold und Schmuck zusammen. Er findet einen Mann, der einen Schleuser kennt. Er bezahlt ihn, um in den Westen zu kommen, mitsamt der Zusage, dass über das Rote Kreuz seine schwangere Frau aus der Tschechoslowakei nachgeholt wird. Der Bursche führt ihn in der Nacht irgendwohin hinter Tachov. Dort übernimmt ihn ein anderer, der ihn zu einem Haus von Deutschen führt und ihn instruiert, dass ihn noch in derselben Nacht sein Schleuser abholt. Nur, dass der Schleuser gar kein Schleuser, sondern sein Mörder ist. Er raubt Truhlář aus, erschlägt ihn und vergräbt den Körper ganz hinten im Garten. Solche Fälle gab es damals nicht wenige. Aber wie passen Mánek und der fliegende Holländer in das alles hinein?«

»Mánek könnte dem, der seinen Großvater umgebracht hat, auf die Spur gekommen sein, und der hat dann auch ihn umgebracht«, überlegte Borůvka.

»Mathematik, Herr Sportlehrer! Rechne doch mal ein bisschen. Selbst wenn der Täter im Jahr 1948 erst zwanzig gewesen wäre, wäre er heute ein neunzigjähriger Greis. Der zieht schwerlich noch jemandem mit der Schaufel eins über.« Suda klopfte auf das Foto der Mordwaffe an der Tafel.

»Der Holländer hat kein Mordmotiv, ebensowenig sein liebenswürdiger Enkel. Er hat Mánek das Haus verkauft, und wenn er ihn getötet hätte, hätte er es nicht zurückbekommen. Durch seinen Tod hätte er nichts gewonnen. Eher durch sein Schweigen. Aber das hätte er schon eher als im letzten Jahr bemerken können und hätte ihm nicht das Haus verkaufen müssen«, überlegte Borůvka laut.

»Jemand fehlt hier«, warf die Kollegin ein. »Jemand, der das Jahr 1948 mit dem Jahr 2018 verknüpft. Warten Sie ...« Rasch blätterte sie in den Papieren. »Eventuell finden wir hier jemanden. Das hier ist das Verzeichnis der Einwohner von České Domky mitsamt den Daten, seit wann sie dort leben.«

Eine Familie hatte bereits vor dem Krieg dort gelebt, einige weitere waren in den Fünfzigern und Sechzigern gekommen, schließlich eine im Jahr 1983. Dann hatten noch drei Familien in den Jahren 1945 und 1946 Häuser von vertriebenen Deutschen besiedelt. Borůvka deutete auf ihre Namen. »Wissen wir über die ein wenig mehr?«

*

Diesmal wühlten sich alle drei durch die Datenbanken, Major Suda, Kapitán Borůvka und die junge Kollegin. Jeder suchte Informationen über jeweils eine der drei Familien.

»Gene erschlägst du nicht mit dem Knüppel!«, rief plötzlich Borůvka von seinem Rechner aus. »Bereits im Herbst 1945 bildete sich in Altbach und České Domky so ein selbsternannter Ausschuss zur Säuberung der Gemeinde, der aufgepasst hat, dass keine Deutschen zurückkommen, um ihr Eigentum zu holen, und zugleich auch überwacht hat, wer dort neu zuzieht. Das muss sich um eine Gruppe mit sehr fragwürdigen Grundsätzen und Methoden gehandelt haben. Der Befehlshaber war ein gewisser Dimitrij Sušič. Rein zufällig der Großvater unseres sympathischen Herrn Bürgermeisters.«

»Der Großvater!«, stöhnte Suda auf. »Schon wieder ein Großvater!«

»Es besteht auch der Verdacht, dass im Dorf der Fluchthelfer tätig war, aber man konnte niemandem was nachweisen. Im Jahr 1950 wurden die Ermittlungen ohne Ergebnis eingestellt, und Dimitrij Sušič wurde Kommandant bei der Staatssicherheit im Grenzgebiet«, las Borůvka weiter in den alten Einträgen. Vor seinem inneren Auge erschien der kahle Kopf des Bürgermeisters und sein mit Goldketten behängter Hals. Massivere und dünnere, eine davon mit Anhänger. Er schloss die Augen. Dann schüttelte er den Kopf.

»Fahren wir!« Er sprang vom Schreibtisch hoch, dass der Major erschrak.

*

Während in Pilsen Spätherbst herrschte, lag in den Wäldern hinter Tachov bereits Schnee. Gefrorene bräunliche Matschklumpen knirschten unter den Rädern des Dienstwagens. Hin und wieder geriet er ins Schlingern, und Borůvka hatte alle Hände voll zu tun, ihn in der Spur zu halten.

Sie trafen den Bürgermeister zu Hause an. Für die Verhältnisse in České Domky lebte er ziemlich luxuriös. Schon die Eingangshalle des weitläufigen Hauses war angefüllt mit Antiquitätensammlerstücken.

»Haben Sie einen Durchsuchungsbefehl?«, bellte Ivan Sušič anstelle eines Grußes.

»Sieht es wohl so aus, als ob wir eine Hausdurchsuchung machen?«, erkundigte sich Major Suda reserviert. »Wir haben geklingelt, und Ihre Frau hat uns eintreten lassen.«

»Ohne meine Zustimmung!«

»Ihre Frau muss Sie fragen, wen sie ins Haus einlassen darf? Das ist ja interessant eingerichtet bei Ihnen«, staunte Borůvka.

»Ich wünsche nicht, dass Sie sich in meinem Haus herumtreiben! Hauen Sie gefälligst ab!«, brüllte der Bürgermeister, und sein kahler Kopf rötete sich bedenklich.

»Wir sind nur gekommen, um mit Ihnen etwas zu besprechen. Aber wenn Sie das hier nicht wollen, dann kommen Sie eben mit, und wir besprechen es bei uns«, schlug Suda vor.

»Ich rufe einen Anwalt!«

»Haben Sie etwa was angestellt?«, wunderte sich wieder Borůvka. »Wenn nicht, brauchen Sie keinen Anwalt.«

»Spielen Sie gefälligst nicht den guten und den bösen Bullen! Wir sind hier nicht in einer amerikanischen Serie!«, schrie der Bürgermeister.

»Dann also anders.« Suda holte tief Luft. »Ivan Sušič, ich nehme Sie fest wegen Verdacht des Mordes an Zdeněk Mánek.«

Noch bevor er zu Ende gesprochen hatte, ließ Kapitán Borůvka die Handschellen zuschnappen.

Eine Stunde später saßen sie bereits im Vernehmungsraum und warteten auf den Anwalt des Bürgermeisters.

*

Zdeněk Máneks Tochter bat darum, zu Major Suda oder Kapitán Borůvka vorgelassen zu werden, aber vergebens.

»Sie sind im Vernehmungsraum und haben gerade keine Zeit für Sie. Sie müssen warten«, knurrte der Pförtner und bedeutete ihr, auf der Bank in der Halle Platz zu nehmen.

»Es ist aber wichtig. Meine Information könnte ihrem Verhör dienlich sein. Ich habe Beweismaterial dabei, das die Ermittlungen im Mordfall Zdeněk Mánek betrifft«, drängte sie.

»Was bringen Sie uns denn?«, ließ sich eine Stimme hinter ihr vernehmen. Es war die junge Recherchekollegin. Fräulein Mánková lächelte.

»Gestern hat sich Doktor Hašek bei mir gemeldet. Rechtsanwalt und ein Freund von Papa. Er hat mir einen Umschlag gegeben, den er von Papa letztes Jahr bekommen hat, zur Weitergabe an mich, falls ihm etwas zustoßen sollte.

»Was ist darin?«

Máneks Tochter entfaltete ein kleines Stück Papier. »Eine Internetadresse, unter der Papa sowas wie ein Tagebuch geschrieben hat.«

Die Rechercheurin sah sie halb verwundert, halb ungläubig an. Ein Fünfzigjähriger, der Tagebuch schreibt?

Eine halbe Stunde später klopfte sie an die Tür des Vernehmungsraums. Ohne ein Wort zu sagen, trat sie ein und legte den Polizisten eine gelbe Mappe hin. Sie überflogen ihren Inhalt, insbesondere die hervorgehobene Passage.

»Lesen Sie gern fremde Tagebücher?«, fragte der Major den Bürgermeister. »Ist manchmal eine ganz interessante Lektüre. Hier zum Beispiel: *Alle Spuren haben mich hierhergeführt, nach Potočnice, in das Dorf, das damals noch Altbach hieß. Hierher haben sie unseren Opa gebracht, mit dem Versprechen, ihn über die Grenze zu bringen. Hier hat ihn ein Schleuser übernommen. Es ist mir gelungen, herauszubekommen, dass der Mann kein Schleuser, sondern sein Mörder war. Er hat all das Geld und Gold geraubt, das Opa bei sich hatte, und hat ihn erschlagen. Alles hat sich in dem Haus abgespielt, das ich gekauft habe. Opas Leiche, und möglicherweise auch die Leichen anderer Opfer, könnten hier im Garten liegen. Morgen fange ich zu graben an. Der falsche Schleuser war mit allergrößter Wahrscheinlichkeit Dimitrij Sušič, der Großvater des heutigen Bürgermeisters. Ich bin mir so gut wie sicher. Als ich letzte Woche auf dem Rathaus war, um ein paar Papiere zu unterschreiben, hab ich mir den Bürgermeister genauer angesehen. Er trägt eine Menge Goldketten um den Hals. Die mit dem Medaillon habe ich eindeutig erkannt. Sie gehörte meiner Großmutter, und Opa hatte sie nicht als Honorar für den Schleuser mitgenommen, sondern für seinen eigenen Schutz, als Talisman, der auch seine Frau mit dem Kind heil über die Grenze bringen sollte.«*

Während Suda las, beobachtete Borůvka das Gesicht des Bürgermeisters. Eine Weile gelang es diesem, Gleichgültigkeit zu heucheln. Schließlich aber lief er knallrot an und explodierte.

»Das sind alles Lügen! Das waren Mörder. Verbrecher. Lumpen. Die sind mit ihrem zusammengeklauten Vermögen abgehauen, um sich damit in den Westen abzusetzen. Wir haben nichts gehabt! Nichts, gar nichts! Mein Großvater und meine Großmutter sind hierhergekommen, damit es ihre Kinder endlich besser haben. Die hatten kein Recht, mit dem Gold irgendwohin abzuhauen!« Sein südslowakischer Akzent wurde hörbar, beinah verschluckte er sich an seinen eigenen Worten, und er hieb mit der Faust auf den Tisch. »Und dann kauft der sich die Hütte da und fängt zu graben an und will auch noch die Kette erkannt haben. Schnüffelt um mein Haus herum, meine Frau lässt ihn auch noch rein, und er guckt sich ...«

»... Ihre Antiquitäten an!«, fiel Borůvka ihm ins Wort. »Die Antiquitäten, die Ihr Großvater allen abgenommen hat, denen er versprochen hatte, sie nach Deutschland zu bringen. Wo werden wir denn die übrigen Toten finden, Herr Bürgermeister? Ich will mal unterstellen, dass lediglich der Mánek auf Ihr Konto geht. Die anderen hat Ihr Großvater auf dem Gewissen, nicht wahr?«

»Dimitrij Sušič lebt nicht mehr, deshalb sind Ihre Überlegungen völlig irrelevant«, äußerte der Rechtsanwalt des Bürgermeisters kühl. »Und den Totschlag an Zdeněk Mánek haben Sie meinem Klienten bislang nicht nachgewiesen, wenn ich mich nicht irre.«

*

Die Polizisten wussten nur allzu gut, dass man Beweise für einen Mord, der vor einem halben Jahr in einer gottverlassenen Gegend begangen wurde, nicht einfach so aus dem Ärmel schüttelt. Alle möglichen Leute konnten die Tat begangen haben. Sie beraumten ein Gespräch mit dem Enkel des Holländers an.

»Wie oft fahren Sie nach Tschechien, um nach Ihrem Eigentum zu sehen?«, erkundigte sich Major Suda.

»Als Eigentümer bin ich verpflichtet, zu wissen, in welchem Zustand es sich befindet, oder etwa nicht? Steht doch in Ihren Gesetzen so drin«, sagte Hans Niedermayer ausweichend.

»Ist schon richtig«, räumte der Major ein. »Sind Sie im Frühjahr hier gewesen?«

Niedermayer schwieg. Dadurch, dass Kapitán Borůvka dolmetschen musste, blieb ihm genug Zeit, sich seine Antworten zurechtzulegen. Borůvka beschloss, das Spiel nicht mitzumachen und das Gespräch selbst weiterzuführen. Dem Major würde er alles nachträglich übersetzen.

»Als wir zum ersten Mal bei Máneks Haus waren, habe ich ein Auto herfahren sehen. Als der Fahrer uns sah, ist er sofort wieder abgehauen. Das waren doch Sie gewesen, oder etwa nicht?«

Niedermayer hob die Schultern, wie um auszudrücken, dass er Borůvkas Deutsch nicht verstehe.

»Was haben Sie dort gesucht? Sie haben dort nichts nachzusehen, schließlich hat Ihr Großvater das Anwesen an Mánek verkauft.«

Niedermayer vergrub die Hände in den Taschen und blickte irgendwohin in die Ferne.

Major Suda ging die Fotos auf seinem Mobiltelefon durch. Er hatte dort die komplette Dokumentation des Falles, mitsamt Fotos von allem, was man in Máneks Haus gefunden hatte. Plötzlich hielt er sein Smartphone dem Kapitán vor die Nase und klopfte mit dem Finger aufs Display. Borůvkas Gesicht hellte sich auf.

»Wir haben in Zdeněk Máneks Haus eintausendzweihundert Euro gefunden. In einem Umschlag, auf dem sich Ihr Firmenstempel befindet.«

»Dieser Idiot«, zischte Niedermayer und fuhr sich durch die Haare. »Egal«, sagte er dann. »Er hat unsere Immobilien instandgehalten. Jedenfalls sollte er ein Auge darauf haben. Ich hab ihm dafür was bezahlt. Er war nicht offiziell angestellt. Das war mehr so ein Freundschaftsdienst gegen Aufwandserstattung. Aber er hat sich mehr seinen Nachforschungen als unseren Immobilien gewidmet«, gab der junge Mann schließlich zu. Borůvka wurde blitzartig klar, dass sie den Falschen verdächtigt hatten.

Die folgende Vernehmung Hans Niedermayers fand nach allen offiziellen Erfordernissen statt, mit Anwalt, Dolmetscher und Kontakt zur deutschen Botschaft.

Der Deutsche schwieg und blickte sphinxisch. Nur sein Anwalt sprach, und dies in mehr oder weniger knappen Sätzen. Erst nach mehr als vierzig Minuten meldete sich der junge Mann zu Wort.

»Ich bin dort gewesen«, sagte er tonlos.

»Wo?«, platzte Suda heraus, dem allmählich der Geduldsfaden riss.

»Im April«, antwortete Hans Niedermayer ohne ersichtlichen Zusammenhang.

»Im April waren Sie – wo?«, sprang Borůvka bei.

Der Deutsche holte tief Luft, blickte zu seinem Anwalt

und gab ihm zu verstehen, dass er sein Gewissen erleichtern wolle.

»Ich bin zu Mánek gefahren, um mich mit ihm auszusprechen. Wir haben ihn bezahlt, aber seine Arbeit stellte uns nicht zufrieden. Ich bin ins Haus gegangen, aber er war nicht da. Im Garten war er auch nicht. Ich hab dann unsere Grundstücke abgefahren, aber er war nirgends zu finden. Dann bin ich zum Friedhof. Dort hab ich Stimmen gehört. Männerstimmen. Sie haben sich angeschrien. Und dann hab ich gesehen …« Er holte Luft und fuhr sich mit der Hand über den Mund, als wolle er sich selbst zum Schweigen bringen.

»Was haben Sie gesehen?«, fragte Borůvka, ohne abzuwarten, bis der Dolmetscher geendet hatte.

»Wie er mit der Schaufel zugeschlagen hat.«

»Wer?«

Niedermayer holte noch einmal tief Luft. »Der Bürgermeister.«

*

Wenn die Akte eines Falles geschlossen wurde, gingen Suda und Borůvka traditionell auf ein Bier. Die Stadt war in Dunkelheit gehüllt, durchwirkt vom silbrigen Schein der Straßenlaternen, von Autoscheinwerfern, erleuchteten Fenstern und tausender Weihnachtslichtern. Die Feiertage waren nicht mehr ganz eine Woche entfernt.

»Die Sünden unserer Vorväter können uns eher einholen, als wir erwarten«, sagte Suda nachdenklich. Er hob sein Glas, bis das Bier im Licht wie Bernstein glänzte. »Auf die Großväter!«

Ins Deutsche übertragen von Elmar Tannert

Horst Eckert

Ex und hopp

Susanne Berg wusste nicht recht, was ihr an der Leiche nicht gefiel. Zu wenig Blut, die Augen geschlossen – vielleicht war es das.

Der Wind wehte ungemütlich kalt über dem Unteren Wöhrd. Maffeistraße, ein Neubauviertel, das als schick galt. Vielleicht war es das, tagsüber und bei anderem Wetter. Und ohne Leiche auf den Betonplatten vor dem Haus.

Susannes Hals kratzte. Der Frost hatte die Donau erreicht, es würde Glatteis geben, warnten die Nachrichten. Nur noch wenige Tage bis Heiligabend.

Kollege Schmidbauer nahm die Videokamera in beide Hände, um den Fundort zu dokumentieren. Susanne ging der gestrige Abend durch den Kopf. Bei der Weihnachtsfeier in der Kriminalinspektion war es hoch hergegangen. Dunkel erinnerte sie sich, dass sie mit dem Blondschopf geknutscht hatte. Die Chefin des Kommissariats für Tötungsdelikte und ihr Mitarbeiter – Susanne konnte nur hoffen, dass Schmidbauer sich nichts darauf einbildete. Sie musste niesen und stopfte sich die Enden des Wollschals fester in den Kragen ihrer Regenjacke.

Der junge, etwas übergewichtige Rechtsmediziner ächzte, als er sich neben dem Toten niederkniete, der vier Stockwerke unterhalb eines geöffneten Fensters im Scheinwerferlicht auf den grauen Platten lag. Erste Schneeflocken taumelten aus dem abendlichen Himmel und schmolzen bei der Berührung mit dem Toten, der nichts als einen Bademantel aus dünner, schwarzer Seide trug und noch warm war.

Fast, als hätte man ihn so hindrapiert, dachte Susanne. Eine seltsam gekrümmte Haltung für einen, der unbeobachtet in den Tod gesprungen war: die Knie leicht angezogen, die Arme parallel zum Körper, der Kopf mit den grauen Stoppelhaaren in den Nacken gebeugt.

Der Rechtsmediziner nickte den Bestattern zu und streifte die Latexhandschuhe ab. Zu Susanne sagte er: »Keine Anzeichen von Fremdeinwirkung.«

Missmutig schleuderte der Weißkittel die Handschuhe in seinen Koffer. Die Opernpremiere im Theater am Bismarckplatz drohte, ohne ihn zu beginnen – oder was immer der Arzt an diesem Abend noch vorhatte.

Die Bestatter legten die Bahre neben dem Toten ab und öffneten den Reißverschluss des Leichensacks. Das Geräusch erinnerte Susanne an die Campingurlaube ihrer Jugendzeit. Mit den Jungs und Mädels der Mantabande an der Adria. Viel zu lange war das her.

»Wann ist es Ihrer Meinung nach passiert?«, fragte Susanne.

»Vor zwei Stunden, plus minus fünfzehn Minuten.«

»Sicher?«

»Wir haben die Temperaturwerte des Körpers und seiner Umgebung und können das ziemlich genau berechnen. Müssten Sie doch auch gelernt haben.«

Arroganter Arsch, dachte Susanne. Sie deutete in Richtung Leiche. Die Bestatter mussten die Beine gerade drücken, um sie in den Sack zu bekommen.

»Aber nach zwei Stunden beginnt erst die Leichenstarre, und zwar ganz allmählich. Hier ist sie schon ausgeprägt.«

»Ein Fall von kataleptischer Erstarrung.« Der Arzt knüllte seinen Overall zusammen und stopfte ihn in den Koffer. »Kommt vor«, brummte er und eilte zu seinem Porsche.

Jonas Schmidbauer trat neben Susanne. Er riecht anders als gestern, dachte sie. Rasierwasser, nicht Glühwein.

»Die Spurensicherung ist fertig mit der Wohnung«, sagte er, den Blick auf den Toten gerichtet. »Keine Fingerabdrücke. Nicht am Griff, nicht am Fensterbrett und auch nicht am Rahmen.«

»Nichts Verwertbares?«

»Nein, gar keine. Alles offenbar sauber abgewischt.«

Susanne wandte sich um. Der Rechtsmediziner ließ gerade den Kofferraumdeckel zuknallen.

»Doktor ...!«, rief sie ihm zu. Sie hatte den Namen vergessen.

»Is was?«

»Sieht aus, als bräuchten wir doch 'ne Obduktion.«

Der Arzt musterte sie missmutig. »Morgen früh geht es nicht.«

Sie antwortete: »Dann jetzt gleich.«

Die Bullen waren höflich zu ihr, fand Claudia Gräz. Die Ermittlungen leitete eine Frau um die vierzig, die ihre Figur unter einem rustikalen Wollpulli verbarg. Die Chefin der Mordkommission war bereits die Zweite, die Claudia in einem schäbig möblierten und schlecht geheizten Dienstzimmer an der Bajuwarenstraße vernahm.

»Soso, das *Orphée*«, sagte die Kommissarin, die sich als Susanne Berg vorgestellt hatte. »Was gab's denn Gutes zu essen, Frau Gräz?«

Die Spulen des altmodischen Aufnahmegeräts drehten sich mit leisem Knirschen.

»Gratinierte Jakobsmuscheln, danach Seeteufel mit Orangensauce«, antwortete Claudia.

Kopfschmerzen quälten sie. Ihre Migräne, die sie im Winter öfters plagte als sonst – getrunken hatte sie im *Orphée* nur ein Glas vom Lugana. Ohne auf die Uhr zu sehen, schätzte Claudia, dass Mitternacht schon vorüber war. Sie sehnte sich nach ihren Tabletten, die in ihrem Büro lagen. Excedrin, das einzige Mittel, das zuverlässig gegen ihre Anfälle half.

»Und Schokosoufflé zum Dessert. Das hab ich alles bereits Ihrem Kollegen erzählt.«

Berg nickte. »Und wer saß mit Ihnen am Tisch?«

Die Bullen nervten. Sie lassen mich schmoren, dachte Claudia. Spekulieren darauf, dass ich mich in Widersprüche verwickle. Claudia kannte diese Spielchen aus zahllosen Fernsehkrimis und sie wunderte sich nicht – wer sonst hatte ein solches Mordmotiv?

Sie schilderte der Ermittlerin die letzten Stunden in allen Details. Conradis Galerie habe zum zwanzigjährigen Jubiläum ihres Bestehens eine Ausstellung mit Bronzen von Modigliani vorbereitet. Zum Essen nach der Pre-Vernissage sei ein exklusiver Kreis der wichtigsten Kunden und Geschäftspartner eingeladen gewesen. Claudia habe neben Conradi gesessen, der sie unverhohlen umwarb, seit sie sich von Markus getrennt hatte. Abgesehen von Conradi sei der Abend nett gewesen.

Der Tisch war prominent besetzt gewesen. Ein gutes Dutzend erstklassiger Zeugen würden bestätigen, dass Claudia in der fraglichen Zeit für keinen Moment den Tisch verlassen hatte. Selbst der Kulturreferent am anderen Ende der Tafel würde sich an sie erinnern – ihr Dekolleté war der Hingucker des Abends gewesen.

Danach war sie zu Markus gefahren und hatte entdeckt, dass er aus dem Fenster gesprungen war.

Die Polizistin nieste in ihr Taschentuch, dann fragte sie: »Was wollten Sie bei ihm?«

»Ich habe noch ein paar Sachen dort«, erklärte Claudia, immerhin war es bis vor sechs Wochen auch ihre Wohnung gewesen.

»Stimmt es, dass Sie auch am Nachmittag bei Ihrem Mann gewesen waren?« Der lauernde Blick der Kommissarin erinnerte Claudia an die Leiterin ihrer Schule, die früher jedes Mal so geguckt hatte, wenn Claudia etwas ausgefressen hatte.

»Wir hatten wegen der Scheidung etwas zu besprechen. Aber auch das habe ich Ihrem Kollegen schon gesagt.«

Die Schnüffler hatten die Nachbarn im Haus gefragt und waren auf die gehässige Walberer gestoßen, die in der Wohnung gegenüber bei jedem Geräusch am Spion lauerte.

»Und dabei hat es Streit gegeben.«

Diese Walberer sollte man auch aus dem Fenster stoßen, dachte Claudia. Eines Tages würde das Ohr der alten Hexe noch an der Tür festwachsen.

»Glauben sie nicht alles, was Frau Walberer erzählt. Die Dame übertreibt.«

»Sie behauptet, sie hätten schon öfters gedroht, ihren Mann umzubringen.«

»*Er* hat *mir* gedroht. Und wenn er mal nicht davon sprach, mich umzubringen, dann faselte er etwas von Selbstmord. Zuletzt waren das seine Lieblingsthemen. Markus war krank und unberechenbar. Erwarten Sie bitte nicht, Frau Berg, dass ich die trauernde Hinterbliebene spiele. Ehrlich gesagt, ich bin froh, dass er gesprungen ist. Auch wenn ich nicht vermutet hätte, das er etwas von dem Unsinn wahrmachen würde, den er so gern von sich gab.«

»Es gibt Zweifel daran, dass Ihr Mann sich selbst getötet hat.«

»Markus hat mir damit gedroht, dass er es wie Mord aussehen lassen wollte.«

Es klopfte an der Bürotür. Ein jüngerer Beamter steckte seinen blonden Schopf ins Zimmer und winkte. Die Mordermittlerin reagierte nicht weiter.

Claudia sagte: »Markus hat die Fingerabdrücke abgewischt, bevor er sprang, stimmt's? Sie wären nicht die erste, die auf ihn reinfallen würde. Er machte nichts ohne Berechnung. Markus war schlau und bösartig bis in seinen Tod. Zum Glück saß ich im *Orphée*, als er es tat.«

Die Kommissarin nickte, dann erhob sie sich und folgte dem blonden Polizisten nach draußen.

Susanne schnäuzte sich in ihr Tempo, dann fuhr sie Jonas Schmidbauer an: »Können die von der Haustechnik das Scheißgebäude nicht anständig heizen?«

Der blonde Kollege war nicht allein. Am Ende des Gangs traktierte Kneißl den Kaffeeautomaten mit Boxhieben. Kneißl war gut darin. Er war Stammgast in der Muckibude in Obertraubling.

Jonas erwiderte: »Du hättest erst mal den Obduktionsraum erleben sollen.«

»Dort *muss* es kühl sein. Hier nicht. Was gibt's Neues?«

Der Blondschopf machte zum Glück nicht den Eindruck, als leite er aus dem Gefummel auf der gestrigen Büroparty eine Sonderstellung ab. Susanne war zu betrunken gewesen, um noch zu wissen, wie weit sie gegangen war, als sie sich hinter die Schränke der Aktenhaltung verzogen hatten. Hoffentlich hatte es auch Jonas vergessen.

»Nichts«, antwortete er. »Der Doc bleibt dabei: Todeszeitpunkt etwa zwanzig Uhr.«

Kneißl stieß einen Schrei aus und trat zu. Das Scheppern des Blechs hallte im Flur nach, dann floss tatsächlich braune Brühe in den Becher. Kneißl reckte die Faust, sein Siegerblick suchte nach Zuschauern.

Susanne gesellte sich zu ihm. »Und was sagt die Spurensicherung?«

Kneißl rührte mit einem Plastikstäbchen, obwohl er weder Milch noch Zucker in den Kaffee gegeben hatte. »Die Kriminaltechnik hat Spuren von Kaliumzyanid in der Wohnung des Opfers gefunden. In der Küche, um genauer zu sein. In einem Mörser aus grünem Marmor. Du weißt schon. So ein Ding, das man Leuten, die schon alles haben, zu Weihnachten schenkt.«

»Nach Bittermandel hat der Tote aber nicht gerochen«, antwortete Susanne.

»Auch nicht bei der Leichenöffnung«, pflichtete Schmidbauer ihr bei.

»Man riecht es nicht immer, behaupten die Leute vom Labor.«

»Heißt das, seine Frau hat ihn vergiftet *und* aus dem Fenster gestoßen?«

»Vielleicht wollte sie auf Nummer sicher gehen.«

»Der Typ muss ein Kotzbrocken gewesen sein.« Susanne nahm dem Kollegen den Becher aus der Hand. Die Brühe war dünn, aber sie wärmte.

»Hey, gib her!«

Susanne wich Kneißl aus. »Habt ihr sein Aquarium gesehen?«

»Das ist *mein* Kaffee!«

Sie nahm einen Schluck. Dann sagte sie: »Ich frag mich, wer sich jetzt um all die Fische kümmert.«

Schmidbauer antwortete: »Automatenfütterung. Alles vom Feinsten.«

»Fest steht, dass wir der Frau nichts beweisen können. Danke, mein Lieber.« Susanne trank noch einmal, gab Kneißl den halb leeren Becher und ging zu ihrem Büro zurück.

Schmidbauer fragte: »Du wirst sie doch nicht laufen lassen?«

Regensburg lag still und starr im Schnee. Morgen würde die Pracht vielleicht schon wieder zu grauem Matsch zerschmelzen, dachte Claudia, als sie über die Osttangente in das Gewerbegebiet an der Siemensstraße fuhr. Zerschmelzen wie die Liebe, die von gleicher Vergänglichkeit war. Sogar seinen blöden Buntbarschen war Markus mit mehr Aufmerksamkeit begegnet als ihr.

Vielleicht lag es am Schnee oder am bevorstehenden Weihnachtsfest, dass Claudia plötzlich an ihre Kindheit denken musste. An ihre Mutter, die sie allein großgezogen und ihr alles beigebracht hatte, was im Leben wichtig war. Schon damals hatte sich Claudia vorgenommen, sich niemals von einem Mann wehtun zu lassen.

Und doch hatte Markus es geschafft. Das Schwein hatte sich nicht einmal Mühe gegeben, die Briefe seiner Tussi zu verstecken. Zartgrünes Papier mit aufgedruckten Röschen. Eine Schnörkelschrift wie die eines Schulmädchens. Doch der Inhalt frei von jeder Unschuld.

Als Markus dennoch beteuert hatte, dass die Affäre mit der aufgetakelten Altstadtboutiquentante längst beendet sei, war für Claudia das Fass übergelaufen. Das war es, was sie an ihrem Mann am meisten gehasst hatte: Einfalt gepaart mit Arroganz.

Claudia kramte den Schlüssel aus der Handtasche und freute sich auf ihr ganz privates Fest. Die Bullen hatten sie auf freien Fuß gesetzt. Damit hatte sie gewonnen – der Schampus stand kalt, eine Flasche vom Allerfeinsten.

Ihr die Firma, ihm die Wohnung auf der Donauinsel, so hatte sie sich mit Markus zunächst verständigt. Doch in den letzten Tagen hatte der Kerl draufgesattelt. Die Firma habe während der Ehe eine beträchtliche Wertsteigerung erfahren.

Als hätte Markus dazu beigetragen.

Raffgier gepaart mit Kaltschnäuzigkeit: Wenn sie nicht flüssig sei, solle sie ihre Klitsche eben verkaufen. Der Nichtsnutz hatte tatsächlich *Klitsche* gesagt.

Der Bewegungsmelder klickte, die Beleuchtung im Treppenhaus sprang an. Die Miete hier war recht hoch, aber das Geschäft lief passabel und ihr taffes Auftreten hatte bislang jeden Kunden beeindruckt, nicht nur Conradi, den Galeristen. *Art Mobil* war ihr Baby, von dem sie sich niemals trennen würde.

Claudia tippte den Nummerncode in das Kästchen neben dem Eingang im ersten Stock. Mit dem Summton drückte sie die Glastür auf. Sie hatte bereits überlegt, die Ziffernkombination zu ändern, um wenigstens hier ihre Ruhe vor Markus zu haben. Das war jetzt nicht mehr nötig.

Den blinkenden Anrufbeantworter ignorierte Claudia. Sie erkannte, dass ihr Terminplaner aufgeschlagen war. Eine Schublade war nicht ganz geschlossen.

Markus war hier gewesen. Wahrscheinlich als sie am Vormittag die Anlieferung der Modiglianis beaufsichtigt hatte.

Du Schwein hast hier zum letzten Mal geschnüffelt, dachte Claudia.

In der Schublade fand sie die Kapseln gegen ihre Kopfschmerzen. Jemanden zu ermorden war einfacher, als diese Migräne abzustellen. Und sie hatte es perfekt angestellt. Wie alles, was sie anpackte.

Darauf wollte sie ihr Glas erheben.

Mitten auf der Nibelungenbrücke war ein Taxi in einen Kleinwagen geschlittert – keine gute Art, den dritten Advent zu beginnen. Susanne fiel ein, dass morgen … nein heute Abend – es war ja schon nach zwölf – bereits die nächste Weihnachtsfeier bevorstand. Mit ihrer Handballgruppe würde sie nach dem Spiel zum Griechen gehen. Ausschließlich Mädels, Ausrutscher wie mit Blondschopf Schmidbauer waren ausgeschlossen.

Um zwanzig nach zwei war Susanne endlich zu Hause. Als Hauptkommissarin konnte sie sich ein kleines Häuschen am Sandberg leisten, ruhig und nahe an einem Park.

In ihren Gliedern spürte sie ein fiebriges Kribbeln. Noch bevor sie Regenjacke und Pullover auszog, drehte Susanne den Heißwasserhahn der Badewanne auf. In der Küche gabelte sie ein paar Gnocchi aus der Olivensauce, die erkaltet auf dem Herd stand – ihr Abendessen, zu dem sie wegen des toten Markus Gräz nicht gekommen war.

Die Witwe ging ihr nicht aus dem Sinn.

Susanne zog sich rasch aus und stieg in die dampfende Wanne.

Kataleptische Erstarrung – die Diagnose des Rechtsmediziners hielt Susanne für Unsinn. Noch nie hatte sie einen taufrischen Toten gesehen, der so steif war, als hätte er schon vor sechs Stunden den Löffel abgegeben. Und sie hatte Hunderte von Leichen gesehen. Womöglich mehr als dieser junge Porschefahrer.

Das Handy schrillte. Susanne beugte sich über den Wannenrand und wühlte es aus dem Klamottenhaufen, der auf dem Hocker lag.

Schmidbauer war dran.

»Was gibt's?«, fragte Susanne und dachte, dass sie vielleicht eine Spur zu ruppig klang.

»Das Zyankali hat mir keine Ruhe gelassen, Chefin.«

»Du sollst nicht *Chefin* zu mir sagen.«

»Ich hab noch mal mit dem Labor telefoniert und gedacht, es würde dich interessieren. Liegst du in der Wanne?«

»Wie kommst du darauf?«

»Ich hör's plätschern. Außerdem hast du mir auf der Weihnachtsfeier gebeichtet, dass du nach jedem Leichenfund das Bedürfnis nach einem heißen Bad hast. Erinnerst du dich nicht?«

»Ich will keine Grippe kriegen, das ist alles. Schieß los, was sagen die Laborratten?«

»Dass das Zyanid von einem Algenvernichtungsmittel stammt. Ein Pulver, das Gräz für sein Aquarium benutzt hat. Und dass die Leiche frei von Spuren war. Gift hat seine Frau also nicht verwendet. Falls sie es war.«

Susanne bedankte sich und warf das Handy auf die Wäsche. Wieder eine Spur, die in einer Sackgasse endete.

Sie ließ heißes Wasser nachlaufen und rutschte nach vorn, um mit den Schultern einzutauchen. Nun ragten ihre Knie aus den wärmenden Wellen – es war nicht so einfach, eine komplette Person in die Wanne zu packen.

Plötzlich erkannte Susanne, dass sie die gleiche Haltung eingenommen hatte, in der Markus Gräz auf die Erde geknallt war. Diese Stellung hatte sie von Beginn an irritiert.

Susanne rekapitulierte, was sie in diversen Lehrgängen über die wichtigsten Kriterien zur Todeszeitbestimmung gelernt hatte: Abkühlung und *Rigor mortis*.

Sie stieg aus dem Wasser, rubbelte sich trocken und wusste, wie sie die losen Enden verknüpfen konnte.

Kataleptische Erstarrung – von wegen!

Claudia öffnete den Kühlschrank. Der roséfarbene Jahrgangschampagner war jetzt genau das Richtige, um ihre Excedrin-Kapseln hinunterzuspülen.

Art Mobil würde ihr erhalten bleiben. Markus würde nie wieder in die Geschäfte ihrer Kunstspedition pfuschen. Und das Apartment an der Maffeistraße gehörte ihr obendrein.

Claudia ließ den Schampus ins Glas schäumen. Sie trat ans Fenster und prostete ihrem Spiegelbild zu.

Nicht zum ersten Mal empfand sie die Einfalt der anderen als einen Grund zu triumphieren. Die Bullen ahnten, dass sie es getan hatte, aber sie kamen nicht auf das *Wie*. Dabei war es nur eine Frage der Körperpflege gewesen, um zu verhindern, dass Markus in der Wanne eine Waschhaut bekam, während sie an der Party im *Orphée* teilnahm und Conradis Flirtversuche über sich ergehen ließ.

Sie nahm zur Sicherheit gleich drei Kapseln und trank einen kräftigen Schluck hinterher. Auf das neue Leben!

In diesem Moment schellte es an der Haustür.

Claudia ignorierte die Klingel. Sie griff nach ihrem Ideengeber und prostete ihm zu, einem rechtsmedizinischen Lehrbuch – das Wissen über die Bestimmung von Todeszeiten konnte man in jedem Buchladen kaufen.

Halt den Mistkerl warm und sie glauben, er sei hopsgegangen, während du vor Zeugen Fisch in gelblicher Sauce gegessen hast.

Das Klingeln hörte nicht auf.

Claudia wurde flau in der Magengegend. Sie sagte sich, dass es keinen Grund gab, nervös zu werden, und lief zur Gegensprechanlage. »Wer ist da?«

Zuerst lärmte nur ein vorbeifahrendes Auto aus dem kleinen Lautsprecher, vielleicht ein Streufahrzeug. Dann tönte eine Frauenstimme, die ihr bekannt vorkam: »Ich hab Licht gesehen und dachte, wir könnten uns noch mal unterhalten.«

Hauptkommissarin Berg. Die Polizistin in dem ausgeleierten Pullover.

Claudia leerte ihr Glas, stützte sich an der Wand ab und neigte sich dicht an das Kästchen. »So rein *zufällig* spazieren Sie hier vorbei?«

»Ganz genau, Frau Gräz. Mir schwirrt etwas durch den Kopf, das mich nicht schlafen lässt. Sie finden sicher auch keine Ruhe, stimmt's?«

Claudia versuchte, das Rumoren in ihrem Magen zu ignorieren. Selbst wenn die Ermittlerin auf die Idee mit der Wanne gekommen war, hatte sie keine Beweise.

»Und ich dachte, Beamten hielten sich an ihre Bürozeiten.«

»Wir können das natürlich auch morgen in der Kriminalinspektion besprechen.«

»Wenn Sie schon mal hier sind ...« Claudia betätigte den Türöffner. »Erster Stock.«

Sie würde der Polizistin Champagner anbieten.

Neugier trieb Claudia an und eine Art sportliche Herausforderung. Sie war sich sicher, keinen Fehler begangen zu haben. Sie hatte Markus mit der flachen Seite einer Bratpfanne erschlagen – die Verletzung sah aus wie eine Aufprallwunde. Sie hatte das Bad gründlich geputzt und sogar daran gedacht, Wanne und Leiche trockenzureiben. Die alte Walberer hatte nicht bemerkt, wann Claudia zurückgekehrt war, denn zu dieser Stunde glotzte sie die Casting-Show auf RTL in einer Lautstärke, die durch alle Wände drang.

Schritte näherten sich im Treppenhaus. Claudia hielt sich den Magen. Die Jakobsmuscheln, vermutete sie. Warum hatte sie sich von Conradi einen Nachschlag aufdrängen lassen?

Claudia erschrak, als ihr Blick auf das medizinische Lehrbuch fiel. Keine Zeit, es durch den Aktenvernichter zu jagen. Sie legte es in den Kühlschrank.

Ein Pochen an der Glastür, die unverschlossen war. Claudia nahm ein zweites Glas aus dem Regal. Sie zitterte, als sie eingoss. Ihr war, als bekäme sie zu wenig Luft.

Die Kommissarin betrat den Raum. Claudia zwang sich zu lächeln. Es gab keinen Grund, warum sie das Duell nicht bestehen sollte. Sie würde es meistern wie alles andere.

Mit dem Champagnerglas deutete Claudia eine einladende Geste an.

Susanne registrierte, wie das Lächeln der Witwe einem Ausdruck von Panik wich. Die Frau machte einen Ausfallschritt, als stemmte sie sich gegen einen schwankenden Schiffsboden. Der Alkohol, dachte Susanne zuerst.

Claudia Gräz stieß gegen den Schreibtisch und suchte Halt. Ihre unkontrollierte Bewegung fegte ein unverschlossenes Tablettenfläschchen vom Schreibtisch. Kapseln kullerten über das Parkett. Ihr Glas klirrte zu Boden.

Die Zeugin brach zusammen, dann war es still im Büro.

Susanne kniete sich hin und tastete nach der Halsschlagader.

Kein Puls zu spüren.

Der Mund war halb geöffnet. Susanne nahm einen leichten Geruch wahr. Als habe die Frau Amaretto getrunken und nicht Champagner.

Bittermandel.

Susanne kramte ihr Handy hervor und alarmierte den Notarzt. Dann studierte sie die Medikamentenschachtel.

Excedrin, ein Schmerzmittel. Die meisten Kapseln lagen über den Fußboden verteilt, eine war beim Aufprall geplatzt und hatte helles Pulver verstreut.

Susanne fiel der marmorne Mörser mit den Zyanidspuren in der Wohnung von Markus Gräz ein. Das Algenvernichtungsmittel – offenbar hatte nicht nur der Hass der beiden Eheleute auf Gegenseitigkeit beruht, sondern auch ihr krimineller Einfallsreichtum.

Sie stellte sich Markus Gräz vor, wie er sich Zutritt in die Räume seiner Frau verschaffte und das Medikament präparierte. Wie er die Kapseln aufschnitt, den Inhalt austauschte und mit Fingern, die vor Aufregung zitterten, die jeweiligen Hälften wieder zusammensteckte. Eine langwierige Fummelei, schätzte Susanne und wählte die Nummer der Spurensicherung.

Der Notarzt traf als Erster ein. Er stellte den Tod der Frau fest, schnupperte und sagte: »Vergiftet?«

Susanne nickte. Was hatten die Weißkittel vom Labor behauptet? Man rieche Zyankali nicht immer? Ein Märchen wie das des Rechtsmediziners von der *kataleptischen Erstarrung*.

Lotte Kinskofer

Gefallener Engel

Liebevoll betrachtete er die neuen Krippenfiguren. Er hatte sich durchgesetzt wider alle Bedenken der Gläubigen. Er hatte seinen Willen bekommen. Warum auch nicht? Schließlich war *er* hier der Pfarrer, er wollte eigene Akzente setzen in seiner neuen Gemeinde, und das war ihm in diesem Fall auch gelungen. Natürlich waren sie teuer gewesen, die Figuren, aber sie waren jeden Cent wert. Zumindest war das seine Meinung.

Er hob das Jesuskind aus der Holzkiste und betrachtete es. Es war fast so groß wie ein richtiger Säugling, Maria und Joseph sowie die Hirten und die Könige maßen etwa eineinhalb Meter. Nun ja, vor 2.000 Jahren waren die Menschen ohnehin noch nicht so groß gewesen. Es sah auf jeden Fall eindrucksvoll aus, da war er sich ganz sicher.

Den ganzen vorderen Raum wollte er mit diesen Figuren ausgestalten. Neben dem Altar der Stall mit der Krippe, mit Maria und Joseph, mit Ochs und Esel, dort die Hirten, die auf dem Feld ihre Schafe hüteten. Ein Engel, der ihnen die frohe Botschaft verkündete und weitere Engel, die vom Frieden auf Erden sangen. Hinten an die Empore wollte er die Heiligen Drei Könige stellen, bis zum 6. Januar sollten sie jeden Tag ein kleines Stückchen näher kommen, hin zur Krippe von Betlehem.

Zu klein, zu bäuerlich, zu gewöhnlich war ihm die alte Krippe mit den kleinen Figuren gewesen, die bisher in der Weihnachtszeit wohl irgendwo in einer Ecke dieser Kirche gestanden hatte, ignoriert von den meisten Besuchern, nur ein Anziehungspunkt für Kinder, die mit ihren Händen nach dem Jesuskind patschten. Er wollte die Geburt Jesu szenisch gestalten, an diesem Ereignis würde in seiner Kirche niemand vorbeigehen können.

Den ganzen Abend des 23. Dezembers hatte er sich freigehalten, um die Figuren aufzustellen, sie in Bezug zueinander zu setzen, sodass sie die größtmögliche Wirkung erzielten. Der Weihnachtsbaum stand schon da, prächtig geschmückt vom Mesner und einigen Helferinnen des Katholischen Frauenbundes. Aber bei dieser Aufgabe jetzt, beim Anordnen des heiligen Geschehens, da ließ er sich nicht helfen, die Krippe musste allein sein Werk sein.

Die Weihnachtsfeiertage würden anstrengend werden; viele Gottesdienste, viele Predigten, viele Menschen. Er freute sich auf die Tage nach Dreikönig. Er würde seine Eltern besuchen, sich von ihnen verwöhnen lassen. Sie waren so stolz auf ihn. Das ganze Heimatdorf liebte ihn. So war es eben noch auf dem Land, hier war man glücklich, wenn ein junger Mann Priester wurde, zumindest in einigen Regionen.

Plötzlich ging das Licht aus. Stockfinster war es in der Kirche. Ein Kurzschluss? Er wusste es nicht. Ein leises Klacken. »Hallo, ist da jemand?«, rief er in den halligen, dunklen Raum. Keine Antwort, kein Geräusch. Es war wieder still.

Er hangelte sich in Richtung Altar. War froh, dass er Streichhölzer in der Sakkotasche hatte. Entzündete eine Kerze am Altar, sah sich um. Alles wie vorher, er war allein. Nur Joseph, den er gerade hatte aufstellen wollen, lag etwas unmotiviert im Altarraum herum.

Mit der Kerze in der Hand ging er in Richtung Sakristei. Er war noch nicht lange genug in dieser Gemeinde, um alle Wege in der Kirche blind zu kennen, um zu wissen, wo er was fand. Aber wo der Sicherungskasten war, das wusste er. Die Tür zur Sakristei ging aber nicht auf. Offenbar klemmte sie. Er rüttelte daran. Ganz langsam schlich sich der Verdacht ein, dass sie abgeschlossen sein könnte. Das war wohl das Klacken zuvor gewesen. Instinktiv eilte er zur Ausgangstür. Doch auch sie war zu. Er zog seinen Schüsselbund hervor, der dem des heiligen Petrus alle Ehre machen würde. Aber der Schlüssel ging nicht ins Schlüsselloch, das Schloss war blockiert.

Er war eingesperrt. In der dunklen Kirche. Jesus blickte vom großen Holzkreuz auf ihn herab, einige Heilige musterten ihn scheinbar mitleidig.

Es konnte eigentlich nur ein Streich sein. Warum war er da nicht gleich draufgekommen? Ein paar Ministranten wollten ihm eins auswischen. Vermutlich hatten sie bei einer günstigen Gelegenheit im Pfarrbüro die Zweitschlüssel mitgehen lassen. Vielleicht, weil die Fahrt nächstes Jahr nicht, wie eigentlich mal geplant, nach Rom gehen würde. Er fand, ein Zeltlager im Bayerischen Wald reichte. Sein Vorgänger hatte große Versprechungen gemacht, daran wollte er sich nicht gebunden fühlen. Sie würden ihn sicher bald wieder herauslassen. Er musste ruhig bleiben, durfte sich nicht anmerken lassen, wie sehr ihn das Dunkel und die verschlossenen Türen zunächst erschreckt hatten. Sicher hatten sie sich irgendwo versteckt und beobachteten ihn. Er durfte sich keine Blöße geben, das wollten sie doch nur.

Kühl war es hier, das fiel ihm erst jetzt auf. Er knöpfte sich die Jacke zu und überlegte, ob er noch ein paar Kerzen anzünden sollte, damit er mehr Licht hatte. So könnte er auch seine Figuren weiter aufstellen, bis ihn die Jungs und Mädels freiließen. Dann sollte er zunächst gute Miene zum bösen Spiel machen. Entspannt wirken, klar machen, dass er sich keineswegs gefürchtet hatte, aber sich so etwas nicht noch einmal bieten ließe.

Es könnte aber auch der Mesner gewesen sein, dachte er, als er gerade weitere Kerzen entzündete. Der ärgerte sich über jede Neuerung und kommentierte sie gerne mit einem Satz der Art: »So haben wir das früher nie gemacht.« Vielleicht wollte der Mann ihm eine Lektion erteilen? Weil er nicht mithelfen durfte beim Aufstellen der Figuren? Ja, den Mesner hatte er mehr als einmal verärgert mit seinen neuen Ideen.

Egal. Er verbot sich jede weitere Spekulation und arbeitete weiter. Früher, als Kind, hatte er sich vor der Dunkelheit gefürchtet. Immer musste die Tür seines Zimmers einen Spalt breit offen sein, und draußen musste Licht brennen. Seine Eltern hatten sich daran gehalten, aber seine Schwester hatte es manchmal vergessen und das Licht im Flur gelöscht, als sie in ihr Zimmer ging. Wachte er in der Nacht auf, so war es stockfinster. Sein Schreien weckte die Eltern. Und wenn sie sich besorgt und liebevoll um ihn kümmerten, dann kam er sich damals vor wie ein ängstlicher Feigling. Er dachte daran, wie er seiner Schwester eine Lektion erteilt und sie einen Tag lang im feuchten Keller eingeschlossen hatte. Alle dachten, sie sei bei einer Freundin. Niemand hatte sie vermisst – und das war das Schlimmste für sie gewesen.

Die Zeit verstrich. Er lauschte dem Schlag der Turmuhr. Es war neun. Allmählich wurde er unruhig. Zwei Stunden waren bereits vergangen und niemand schien in der Nähe zu sein oder das Bedürfnis zu haben, ihn freizulassen. Warum nur hatte er sein Handy nicht eingesteckt? Er hätte so leicht Hilfe rufen können. Und hätte sogar noch eine Taschenlampe gehabt. Was sollte er tun, wenn der Druck auf die Blase größer wurde? Und warum, verdammt noch mal, holte ihn hier keiner raus? Ein entschuldigender Blick zum Kreuz, wegen des Fluches.

Noch einmal ging er zum Portal. Vielleicht war es längst offen, und er hatte das Klacken nur überhört. Er rüttelte an der Tür, er rief. Nichts. Plötzliche Dunkelheit. Er wandte sich schnell um in Richtung Altar. Die Kerzen waren aus. Es roch nach Wachs, er hörte das Rascheln der Streichholzschachtel, die er vorne liegen lassen hatte, und schlagartig war ihm klar: Er war gar nicht allein in der Kirche, die ganze Zeit nicht gewesen. Wie er es zu Beginn vermutet hatte: Da war jemand, der ihn beobachtete. Der jetzt gerade die Kerzen gelöscht und die Streichhölzer eingesteckt hatte. Der vorne im Altarraum stand, wohin er sich nun mühsam zurücktasten musste. Aber an einen Streich glaubte er inzwischen nicht mehr. Hier ging es um etwas anderes. Aber was?

»Hallo, da ist doch wer!«, rief er, wieder bemüht, klar, sicher und furchtlos zu klingen, obwohl allmählich die Angst in ihm hochkroch. Er hörte Schritte durch den Raum, konnte sie aber nicht orten. Ging jemand auf ihn zu, ging jemand von ihm weg?

»Wer sind Sie, was machen Sie und was soll das alles überhaupt?«

Keine Antwort. Er hatte auch nicht damit gerechnet.

»Sperren Sie sofort die Tür auf!« Er wurde lauter, auch ein bisschen in der Hoffnung, dass draußen jemand vorbeiginge und ihn hörte. »Hören Sie auf mit dem Blödsinn und lassen Sie mich raus!«

Schmatzende Schritte, wie Gummisohlen sie machten, leicht quietschend, tödlich nervend im Gottesdienst, aber noch mehr jetzt, wo er dem rätselhaften Fremden so hilflos ausgeliefert war. Er tastete sich leise durch den Raum, hörte selbst seine Schritte kaum. Vielleicht war das ein Vorteil. Dass er die Schritte des anderen hören konnte, aber seine kaum ein Geräusch machten. Sollte er versuchen, den rätselhaften Täter zu stellen? Doch vielleicht war der ihm körperlich überlegen. Er musste sich bewaffnen. Aber womit?

Leise schlich er zurück in den Altarraum. Tastete den Altar ab. Tatsächlich, die Streichhölzer waren weg, das Wachs der Kerzen noch weich. Er nahm einen Kerzenständer in die Hand. Viel zu leicht. Damit würde er niemanden außer Gefecht setzen können. Er entschied sich, eine seiner neuen Krippenfiguren als mögliche Waffe zu nehmen. Er bückte sich. Es war ein Engel, den er zuerst berührte. Er beschloss, dies als gutes Zeichen zu sehen, klemmte ihn sich unter den Arm, wollte nicht länger Opfer sein. »Feigling«, rief er, um den Fremden zu provozieren. »Zeig dich doch!«

Keine Reaktion.

Er horchte. Es war still. Da – ein kurzes Geräusch, als ob etwas zu Boden gefallen wäre. Es kam aus dem hinteren Bereich der Kirche. Er ging leise die Bankreihen entlang nach hinten, wo die Treppe nach oben zur Empore führte.

»Und mach endlich wieder Licht!«

Plötzlich traf ihn ein Lichtstrahl. Gleißend hell. Instinktiv schloss er die Augen, wandte sich ab. So hatte er sich seine Aufforderung nicht vorgestellt.

»Hör auf!«

Das Licht ging aus, die Dunkelheit war jetzt fast genauso schmerzhaft. Er musste mit dieser gestörten Gestalt ins Gespräch kommen, sie weichklopfen. Wie es Psychologen in Krimis machten.

»Was wollen Sie eigentlich von mir?«

Er siezte diese Person wieder. Wollte ihr Respekt erweisen. Auf Augenhöhe verhandeln. Aber er erntete nur Schweigen.

»Wenn Sie's mir nicht sagen, dann kann ich Ihnen auch nicht helfen.«

Schweigen. Vielleicht war das mit dem Helfen der falsche Ansatz.

»Wenn ich was falsch gemacht habe, dann reden Sie mit mir. Sonst kann ich es doch nicht ändern!«

Schon besser. Half aber auch nichts. Schweigen.

Jetzt hörte er wieder das Quietschen. Täuschte er sich oder wanderte das Geräusch wirklich die Treppe zur Empore hinauf? Seine Augen hatten sich allmählich an die Finsternis gewöhnt. Ja, da war ein Schatten. Er würde ihm folgen, leise, unauffällig. Der Engel sollte sein Schutz und seine Waffe sein. Er hatte genug Geduld bewiesen. Jetzt half nur noch Gewalt.

Er war gerade oben angekommen, als er die Wucht eines Schlags an den Kopf verspürte. Er taumelte, verlor das Gleichgewicht, konnte sich mit einer Hand an der Brüstung festhalten, mit der anderen umklammerte er immer noch den Engel, als würde der ihm wirklich helfen können.

Ein zweiter Schlag und er sackte halb über die Brüstung. Die Knie gaben nach, aber sein Gegenspieler kannte kein Erbarmen. Der stumme Fremde hob ihm die Beine und gab ihm einen Schubs, sodass er kopfüber nach unten stürzte, auf den Steinboden, den er eigentlich noch mit einem roten Teppich hatte bedecken wollen, um das Quietschen der Schuhe mit Plastiksohlen nicht mehr hören zu müssen. Zu spät.

Er spürte nicht mehr, dass der Engel zu Boden stürzte, ihn dabei ein Flügel traf und ihm noch eine Platzwunde zufügte, auf die es jetzt auch nicht mehr ankam. Er hörte noch ein leises Quietschen, dann hörte er nichts mehr. Nie wieder.

Vor der Kirche saß eine Frau in der vorweihnachtlichen Dunkelheit auf der Parkbank, die der Heimatverein vor einigen Jahren gestiftet hatte. Sie zündete sich eine Zigarette an und nahm einen tiefen Zug. Es war alles viel leichter gegangen, als sie gedacht hatte. Er war und blieb ein Schisser, ihr großer Bruder. Der alles bekommen hatte, solange sie zurückdenken konnte. Die Liebe und Aufmerksamkeit ihrer Eltern, die größeren Geschenke, die bessere Ausbildung. Warum er Priester geworden war, wusste sie nicht. Für Menschen hatte er sich nie interessiert. Vielleicht war es die Sicherheit, die dieser Job bot. Oder die Hoffnung, einem erlauchten Kreis anzugehören. Reisen hatte er unternommen, Studium in Rom, viele Bildungsaufenthalte im Heiligen Land. Dann wollte er die Eltern überreden, ihm ihr Häuschen als Schenkung zu vermachen. Es würde ihm als Ferienhaus dienen, später sollte es an Mutter Kirche fallen. Das war das Erbe, auf das sie gehofft hatte. Denn sie konnte ihren Beruf als Physiotherapeutin nicht mehr ausüben nach einem Bandscheibenvorfall. Sie hielt sich mit Gelegenheitsjobs über Wasser, gemieden von enttäuschten Eltern, ignoriert von einem überheblichen Bruder, der von Nächstenliebe predigte. Sie hatte mit ihm reden wollen, ihn im Pfarrhaus aufgesucht. Er hatte sie im Büro abserviert, überheblich, abweisend, kalt. Es war ein Geistesblitz gewesen, die Schlüssel mitgehen zu lassen, die da so offen lagen. Und mit den Schlüsseln war die Idee gekommen …

Sie trat die Zigarette aus, hob den Stummel allerdings auf und steckte ihn ein. Ihr Plan sollte nicht an Details scheitern. Sie würde jetzt in ihr kleines Apartment fahren, den Anruf morgen abwarten. Dann die Eltern trösten, als einziges Kind für sie da sein.

Kurz erinnerte sie sich daran, wie er sie als Kind gepiesackt hatte beim Krippenspiel. Sie sollte als Engel die frohe Botschaft verkünden. Wie hatte er sie lächerlich gemacht im Kindergarten, weil sie sich den Text nicht merken konnte! Nun war er seinem Todesengel begegnet. Weihnachten konnte kommen, endlich herrschte Friede auf Erden.

Tessa Korber

Sein Mädchen

Er schaute seiner Tochter lange zu. Sie stand auf einem leeren Bierkasten, die Arme in dem karierten Flanellhemd hoch erhoben, und versuchte, die Lichterkette über das Brett zu streifen, das ihrer Holzhütte als Ladenschild diente. Ringsum hämmerte, sägte, klirrte und bohrte es zwischen den Bäumen. Die Waldweihnacht stand an und alle Beteiligten waren so kurz vor der Eröffnung damit beschäftigt, ihre Stände auf Vordermann zu bringen. Genau wie Emily.

Er betrachtete ihren Zopf, der unter der Wollmütze hervorsah, die kräftigen Bewegungen, mit denen sie einen Nagel einschlug, um die Kette daran aufzuhängen. Ihr Mund war verzerrt durch die weiteren Nägel, die sie zwischen den Lippen hielt. Entschlossen sah sie aus, kräftig. Sein Blick glitt über ihre Hüften in den Jeans, die Beine, die in wattierten Stiefeln steckten. Ein Reitermädchen. Kein Mädchen mehr, sie war – guter Gott, sie war 34. Zehn Jahre älter als seine Frau Britta damals, ehe sie verschwand. Seine Tochter war älter, als er ihre Mutter je gesehen hatte.

Sie hatte wenig Ähnlichkeit mit der Britta, an die er sich erinnerte. Die war blond und zart gewesen, Postangestellte, gern korrekt gekleidet und mit einem Hang zur Dekoration, den sie auf dem Hof nicht recht hatte ausleben können. Genauso wenig wie ihre Neigung, asiatisch zu kochen oder sich in Filmstars zu verlieben.

Emily hatte seine braunen, eher festen Haare und seine robuste Figur geerbt. Sie war Reiterin, Jägerin, werkelte gerne in ihrem Garten herum und hatte kein Interesse an Sängern oder Schauspielern. Sie stand im Leben, war

Physiotherapeutin mit eigener Praxis, Lokalpolitikerin, Standinhaberin. Den Verlust ihrer Mutter hatte sie besser verschmerzt, als er je zu hoffen wagte. Keine Melancholie war zurückgeblieben, keine Wunden, dafür jede Menge Realitätssinn. Sie hatte die richtigen Anlagen, um glücklich zu werden, dachte er. Das mit Lukas war seit zwei Monaten vorbei, aber sie schien nicht zu trauern. Sie war sein toughes Mädchen.

»Jetzt steh nicht nur rum, Papa!« Sie hatte die überzähligen Nägel aus dem Mund genommen und ihm hingestreckt, ohne ihn anzusehen. Er nahm sie, legte sie in seine Werkzeugkiste zurück und ging zu den Leitungen. Steckte alles zusammen. Die kleinen Lichter leuchteten auf. Fröhliche »Ahhs« und ein gutmütig-ironisches Klatschen von den umliegenden Baustellen würdigte den Umstand, dass sie die Ersten waren, denen dieses Kunststück gelungen war.

Morgen würden hier entlang des schmalen Waldweges alle Hütten leuchten, kleine Bauten aus rohem Holz, Rinde, Moos und Stroh, wie aus dem Mittelalter, einem Märchen-Mittelalter, das Zwergenbauten und Waldfeen kannte. Es war ein origineller, überaus romantischer Weihnachtsmarkt, den Schönsee da im Wald bei dem kleinen Dorf Friedrichshäng ins Leben gerufen hatte. Nur Essen und hochwertiges Kunsthandwerk aus der Region wurden feilgeboten, kein Ramsch, nicht das übliche Nullachtfuffzehn-Programm, so hatten Emily und ihre Mitstreiter von der »Initiative für ein lebendiges Schönsee« das festgelegt. Sie selbst schenkte Met aus, selbstgemacht. Eigentlich wäre das Lukas' Ding gewesen. Aber Lukas gab es seit Oktober nicht mehr. Jetzt war Dezember und Emily machte weiter. Sie machte immer weiter. So hatte er sie erzogen. Er hatte alles richtig gemacht.

»Papa?« Sie setzte sich neben ihn auf den Baumstamm. Die Rinde war nur wenig weiß überpudert, die Zeit der tief verschneiten Winter war vorbei, wie es aussah. Winter, in denen der Schnee zwei Meter hoch lag und man auf den geräumten Straßen wie durch Schluchten fuhr, rechts und links Mauern aus schmutzigem Schnee. Winter, in denen man zu Fuß nur mühsam vorankam, in den Wäldern fast gar nicht mehr. Sogar gefährlich hatte das werden können, wenn man die eigenen Kräfte überschätzte. Er verlor sich in seinen Gedanken.

»Papa?« Sie betrachtete ihn mit schräg geneigtem Kopf.

Er atmete durch und machte Anstalten, aufzustehen. Jemand sollte die Regalbretter hinter der Theke überprüfen. Nach einem Jahr des Nichtbenutztwerdens sahen sie wackelig aus. Nicht, dass ihnen später die Tassen runterkrachten. Er bat sie, kurz ein Brett für ihn zu halten, das er neu festschrauben wollte. »Ist eigentlich Post gekommen?«, erkundigte er sich, als sie so Seite an Seite standen.

»Von Mutter, meinst du?« Ihre Stimme klang kühler.

»Etwa nicht?«

Sie zuckte mit den Schultern. »Natürlich ist ein Brief da. Pünktlich wie die Maurer. Wie jedes Jahr. Immer am Tag der großen Flucht.«

»Nicht wackeln«, mahnte er sie, tastete nach dem Akkuschrauber und ließ ihn surren. Saß. »Und?«, fragte er.

»Was und?«

Er wusste, die Zeiten waren vorbei, da sie ihm alle Briefe von Britta zu lesen gab. Der erste war gekommen, als Emily vier gewesen war. Er hatte ihn ihr vorgelesen, wenige Sätze, schlichte Worte: »Ich hab dich lieb«, »mein einziger Schatz«, »mehr als alles auf der Welt«, »der Papa kann besser auf dich aufpassen als ich«. Das Wort »muss« kam vor, als Erklärung für das Unerklärbare. Sie musste gehen, musste weg, einfach so, über Nacht. Fort für immer, ohne eine Spur. Bis auf die Briefe, die Jahr für Jahr eintrafen.

Später wurde der Ton der Schreiben erwachsener, freier, ehrlicher. »Die große Flucht«, das war ein Ausdruck, der irgendwann in diesen Briefen gebraucht wurde. Als Emily vielleicht vierzehn war und begann, Sympathie für alles Rebellische zu entwickeln, für Aufstände und Ausbrüche aus der Herde. Die große Flucht also. Wovor und warum, das hatte er nie begriffen und auch nicht begreifen wollen. Vor einem Stall mit zwanzig dauerscheißenden Milchkühen, vor der Provinzödnis? Vor ihm? Egal. Alles, was er gewollt hatte, war, dass es Emily gut ging, trotz allem. Und verdammt, das hatte er geschafft.

Als Emily kleiner war, hatte er ihr aus den Briefen ein Album gemacht, das sie gemeinsam anschauten, so oft es ging. »Mami denkt an dich«, hatte er gesagt und hinuntergeschluckt, was er fühlte. Er hielt sie im Arm und wartete auf ihr Nicken, ihr Lächeln. Das jedes Mal kam. Sein Mädchen.

Als Emily älter wurde, hatten sie viel über alles gesprochen. Jeder Brief war genau gelesen, zerpflückt, interpretiert und diskutiert worden, Wort für Wort, Wendung für Wendung. Sie hatten gerätselt darüber, wie Britta wohl jetzt aussehen mochte. Trug sie die Haare wohl kürzer? Hatte sie Falten? Wirkte sie verbraucht? Oder frei? Sie mutmaßten, wie sie wohl lebte. Und warum sie Jahr für Jahr weiterzuziehen schien, eine ewige Nomadin. Nie kamen zwei Schreiben von derselben Adresse. Sie wechselte ständig die Städte. Nie kam das Angebot, ihr irgendwohin zurückzuschreiben, sie zu besuchen. Sie schien kein Zuhause zu haben.

»Sie macht es sich leicht«, hatte die fünfzehnjährige Emily gemurrt. »Immer nur Verlautbarungen. Was ich dazu zu sagen habe, will sie gar nicht hören.« Im Jahr darauf war sie weggelaufen, um ihre Mutter zu suchen. Er erinnerte sich noch an die Polizei, die es ihm schwer gemacht hatte. Ihn verdächtigt hatte, etwas mit dem Verschwinden seiner Tochter zu tun zu haben. Schon die zweite abgängige Frau auf dem Hof, das ging doch nicht mit rechten Dingen zu. Sie hatten lieber die Nebengebäude durchsucht, als an den Bahnhöfen herumzufragen. Am Ende hatten die Beamten ihn auf Emilys Alter und ihr Recht auf eigene Entscheidungen verwiesen, die Fahndung hinausgezögert; er hätte sie umbringen können.

Dann endlich kamen Briefe von ihr, jetzt auch von der Tochter: nur Briefe, es war ein Hohn gewesen. Dann der erste Anruf. Er hatte geweint vor Erleichterung. Die Nachbarn hatten gemeint, er solle ihr den Hintern versohlen, wenn sie heimkäme. So ein Ärger, und dazu die Schande. Er hatte sich anders entschieden, hatte mit der Schule geredet, ihr ein Freijahr verschafft, ihr Vollmachten geschickt, ein Konto eingerichtet. Nach einem Jahr, in dem sie durch Indien getourt war, kam sie wieder. Sein Mädchen.

Er unterdrückte den Impuls, sie zu umarmen und fixierte das Brett. »Ich meine: Irgendwas Neues bei ihr?«

»Papa?«

»Ja.« Er wandte sich um und schaute sie an. »Was ist?«

Sie zögerte, ehe sie fragte: »Hast du eigentlich mit Mama irgendwie Kontakt?«

Er blinzelte. »Wie kommst du darauf?«

»Ich meine nur.« Sie wischte sich den Holzstaub von den Händen. »Weil sie was von Trennung und Verlust geschrieben hat und davon, dass man als Frau alleine klarkommen kann.«

»Damit wird sie sich ja wohl auskennen«, knurrte er, wandte sich ab und rüttelte prüfend am nächsten Regalbrett.

»Weiß sie, dass Lukas mich verlassen hat?«

»Woher sollte sie das wissen?« Er fuhr mit rissigen Fingern über die Schraubenköpfe und zückte den Akkuschrauber erneut. »Nachziehen dürfte genügen«, murmelte er.

»Von dir hat sie das also nicht?«

Sorgsam führte er seine Arbeit zu Ende, prüfte ein letztes Mal rüttelnd das ganze Regal, dann wandte er sich ihr zu. »Ich habe keinen Kontakt zu ihr, seit sie uns damals verlassen hat. Genau wie du.«

»Ich meine ja nur.« Sie biß sich auf die Lippen. »Weil ich manchmal das Gefühl habe, dass sie genau das Richtige schreibt, verstehst du?« Zögernd schaute sie ihn an. »Und woher sollte sie wissen, was das Richtige ist?«

»Von mir sicher nicht.«

Er war erleichtert, als sie auflachte. »Jetzt stell dein Licht nicht so unter den Scheffel«, verlangte sie. »Du machst schon vieles gut und richtig.« Sie tätschelte seinen Arm. »Ich denk mir nur manchmal ...«

»Was? Dass ich ihr einsage? Ich hab ja nicht mal eine Adresse.«

»Na ja, ich stell mir halt dann vor, sie hat dich vielleicht mal kontaktiert wegen des Unterhalts oder so. Und du hast zur Bedingung für das Geld gemacht, dass sie mir schreibt.«

Er wandte sich ihr zu, gerührt. »So hast du dir das gedacht?«

»So oder so ähnlich.«

Er holte tief Luft. »Wenn ich deine Mutter irgendwie hätte erreichen können in all den Jahren, oder wenn es mir gegeben wäre, sie zu irgendetwas zu bringen, dann hätte ich nur eines verlangt: dass sie bei uns bleibt.«

»Ahoi Emily.« Jan Hruška grüßte im Vorbeigehen. Er kam aus Domažlice und würde dieses Wochenende wieder am

Nachbarstand seine Töpferwaren anbieten. Emily wischte sich über die Augen, dann ging sie hinüber, um mit Jan zu besprechen, ob sie genug Kerzenstumpen vorrätig hatten, um die Einweckgläser zu bestücken, mit denen der Weg zu ihren beiden Hütten gesäumt sein würde. Er hörte, dass sie Tschechisch sprach, oberpfälzerisch eingefärbt, aber gewandt. Wo hatte sie das so schnell gelernt? Aber so war sein Mädchen, klug. Aufmerksam beobachtete er die beiden. Er würde sie niemals im Stich lassen, niemals alleine. Nie in den falschen Händen.

Als sie zurückkam, schien das Thema Britta erledigt. Sie erkundigte sich, was alles auf dem Hänger war, den er mit dem Trecker gebracht und unten vor dem Eingang zum Weihnachtsmarkt geparkt hatte. Sie würden ihn entladen müssen, bevor sich jemand beschwerte, dass er die Zufahrt zum Freilichttheater versperrte.

Waren die Pfandmarken schon dabei? Die Kasse? Das Spülgerät? Die Schläuche? Er nickte, er hatte an alles gedacht. Als er schon losgehen wollte, bemerkte sie die Zeitungsseite, die er gefaltet in der Hosentasche trug. Sie zog sie heraus. »Ach, der Artikel, den ich dir ausgeschnitten habe. Freut mich, dass ich richtig lag. Es interessiert dich.«

Er nahm das Blatt wieder an sich. Faltete es zerstreut neu.

»Ist das nicht toll«, fuhr sie fort, »dass das jetzt alles wieder ans Licht kommt? Ich meine, ein Dorf, das da seit Urzeiten gestanden hat, das es schon im Dreißigjährigen Krieg gab. Und Opa stammte von da. Du stammtest von da.«

Er wiegelte ab. »Ich bin Jahrgang 1962, Schatz, ich war nicht mal geboren, als meine Eltern vertrieben wurden. Ich bin ein Kind der oberpfälzer Provinz, der Dorfdiskotheken, der Mofafahrten zu den ersten McDonald's-Filialen an der Autobahn und der ländlichen Langeweile.«

Sie lachte. »Trotzdem. Wir sollten hingehen, wenn im nächsten Sommer diese Gedenkfeier stattfindet. Vielleicht haben sie bis dahin ja die Grundmauern von Opas Haus ausgegraben? Die Brauerei haben sie schon freigelegt, steht da, als Nächstes ist die Kirche dran. Alles, was wir aus den Fotoalben der Großeltern kennen. Also ich finde das faszinierend.«

Sie ignorierte sein Schweigen, nahm ihm den Artikel noch einmal ab und betrachtete die Bilder: Grundmauern, mitten im Wald, Türschwellen, Reste von Steinbodenmosaiken, drei blaue Kacheln an einer nackten Steinwand, wo einmal eine Küche war. Kellerfenster, Treppen ins Nichts, Scherben aus Glas und Ton, halbe Gefäße, rostige Türangeln, Klinken, Dornen, ausgelegt auf Steinhaufen, daneben sepiafarbene Fotografien der Häuser, wie sie einmal waren und der Menschen, die dort gelebt hatten. In ihren Familienalben existierte das alles noch. Jetzt war es eine versunkene Welt. Es war erst siebzig Jahre her, doch dem dichten Wald, der heute dort stand, wo einst Untergrafenried gelegen hatte, sah man das nicht an.

»Und das alles auf die Initiative von zwei Leuten hin, die das in ihrer Freizeit machen. Knochenarbeit, Papa. Hast du das gelesen? Sie haben 15 ausgewachsene Bäume gerodet, um den Friedhof freizulegen. Verrückte sind das.« Doch wie sie es sagte, klang es respektvoll. So hatte er sie erzogen: Keine Scheu vor der Arbeit. In der Hinsicht war sie eine echte Bauerntochter, auch wenn sie den Hof nicht übernehmen würde.

»Wir müssen das ja nicht jetzt entscheiden«, erwiderte er und meinte ihre erste Frage: Würde er auf die Gedenkfeier gehen, die im Frühjahr in den Ruinen der Kirche stattfinden sollte? Es hatten sich Nachfahren der einstigen Bewohner aus dem ganzen Land angesagt, sogar aus Kanada wollte jemand kommen.

Sie gab ihm den Artikel zurück. »Ich finde, du solltest dich da einbringen, irgendwie. Opa hätte es gefreut.«

Er schnaubte. »Wenn ich in Rente bin, vielleicht.«

»Du meinst, nie.« Sie lachte. »Im Ernst, Papa, du brauchst ein Hobby. Du fängst an …«

»Was?«, fragte er. »Nachzulassen? Zu verkalken? Rieche ich schon ein bißchen streng?« Er hatte es lustig gemeint, doch seine Stimme war scharf geworden. »Ich geh den Kram holen.« Mit diesen Worten brach er das Gespräch ab und stapfte den Weg hinunter. Erst mal weiterarbeiten. Vielleicht vergaß sie das Thema. Dann brauchte er ihr nicht zu sagen, dass er niemals in Untergrafenried den Archäologen spielen würde. Und niemals dort beim frohen Wiedersehen in der Kirche sitzen. Emily lag völlig richtig. Wenn er dem Artikel Glauben schenkte, dann standen sie kurz davor, das Haus seiner Familie auszugraben. Und damit sein Leben zu zerstören.

Denn dabei würden sie unweigerlich Britta finden. Ihre Knochen, vermutete er, mehr dürfte nicht mehr übrig sein von ihr nach bald dreißig Jahren. Und ihren Koffer. Mit ihren Kleidern, ihren Wertsachen, ihren Papieren, all den Dingen, die sie gepackt hatte, um ihn zu verlassen. Vielleicht war das meiste verrottet. Trotzdem dürfte es genügen, um sie zu identifizieren. Sie würden sofort bei ihm vor der Tür stehen, das war ihm klar. Wie er das mit den Briefen gemacht hatte, das würden sie genauso schnell herausfinden. Jeder einzelne zeugte gegen ihn: Vertuschung einer Straftat. Dabei hatte er doch nur eines gewollt: die Seele seiner Tochter retten.

Oh ja, er musste nach Untergrafenried, aber nicht im Frühjahr und nicht zum Gottesdienst, er musste sofort dorthin. Er hatte es sich für diese Nacht vorgenommen. Er hielt es kaum noch aus, seit Emily ihm den Artikel in die Hand gedrückt hatte. Am liebsten wäre er sofort hingestürmt. Doch er musste die Dunkelheit abwarten. Ihr mit dem Weihnachtsmarkt helfen. Sich mit Arbeit ablenken. Wie ironisch, dachte er, während er Nachbarn grüßte, die auf dem Trecker vorbeifuhren und die dabei Kartons mit Emilys Met-Tassen ablud, wie ungemein ironisch, dass es genau die gleiche Nacht im Dezember sein würde, in der er vor fast dreißig Jahren mit der Leiche seiner Frau im Kofferraum durch die Winterlandschaft gefahren war.

Damals, 1991, hatte der Schnee hoch gelegen. Und in ihm war eine Unruhe gewesen, nein, eine Panik, die die heutige weit überstieg. Sein Herz hatte gerast, ihm war schlecht gewesen und er hatte das permanente Bedürfnis gehabt, sich zusammenzukrümmen und sich die Fingernägel in den Bauch zu krallen. Schmerz wäre willkommen gewesen. Stattdessen die Kälte, die Dunkelheit, die Plackerei, immer auf dem Sprung, immer in der Angst, entdeckt zu werden. Einen Plan hatte er damals nicht gehabt. Er musste die Leiche loswerden, sie verschwinden lassen, das war ihm klar gewesen. Aber wie machte man so etwas? Die Grenze hatte ihn magisch angezogen, diese bis vor Kurzem undurchdringliche Linie. Hätte der Eiserne Vorhang noch existiert, wäre er aufgeschmissen gewesen. Er hätte keine Chance gehabt, Britta auf die tschechische Seite zu bringen, nicht mal in den Bergwäldern, die Zäune und Anlagen waren undurchdringlich. Er erinnerte sich noch gut, wie ihnen als Kinder Angst gemacht wurde vor dieser Grenze, die zwei Weltreiche trennte und doch im Alltag manchmal beinahe unsichtbar war. Etwa beim Holzmachen auf ihrem Grundstück unterhalb der Bühler Höhe. Da hätte er überall einfach in den Wald gehen können, der schon tschechisch war, weit vor dem Stacheldraht und den Gewehren. »Dich holen die Soldaten«, hieß es. »Die behalten dich und du kommst nie wieder heim.« Gerade den Fuß hatten sie damals gewagt auf die Linie zu setzen. Als Mutprobe. Mit trockenem Mund und pochendem Herz. Den halben Fuß nur gar.

Aber die Grenze war jetzt offen. Ob die Polizeiapparate auf beiden Seiten schon gut kooperierten? Oder hieß, über die Grenze zu gehen noch immer, jemanden an einen anderen Kosmos zu verlieren? Er konnte sich nicht genug konzentrieren, um den Gedanken sinnvoll weiterzuführen. Trotzdem hielt er sich an die Grenze. Fuhr heran, folgte ihr, immer wieder auf unerklärliche Weise angezogen davon, vielleicht erschien es ihm natürlich, sie zu suchen, weil er selber eine Grenze überschritten hatte. Doch er wollte zurückkehren. »Sie holen dich!« Nein, das durfte nicht sein. Er musste da sein, für Emily.

Und dann fiel ihm das Dorf ein, sein Dorf, die verschwundene Heimat. Geplündert, angezündet, von Bulldozern zusammengeschoben, vom Wald überwachsen. Nur ein, zwei Bunker sollen die Tschechen dort in den alten Fundamenten am Laufen gehalten haben. Ob die noch besetzt waren? Er wusste es nicht, er konnte nicht darüber nachdenken. Der Tank wurde leerer, sein Kopf ebenso. Er fuhr langsamer, bog in den Forstweg ein und rollte im Schritttempo, mit hektisch ausschlagenden Scheibenwischern durch das Schneetreiben, so nah an das ehemalige Dorf heran, wie er konnte. Zwischen den Bäumen lag der Schnee nicht mehr so hoch. Die Scheinwerfer schnitten Baumstämme, Brombeerranken, braunes Schilf aus der Finsternis. Er hätte sein

Ziel nie gefunden, wäre vorbeigefahren, wenn da nicht die provisorische Gedenktafel gewesen wäre. Er hielt, stellte den Motor aus, lauschte. Stieg endlich aus. Erschrak vor seinem eigenen Atem in der Stille, der laut war, hektisch und böse. Dabei war es ein Unfall gewesen.

Er hatte ihr den Koffer entwinden wollen, den zweiten, kleineren, den mit Emilys Sachen, ihren Lieblingsspielsachen und Kleidern. Hatte sie zurückhalten wollen. Sie durfte ihm doch seine Tochter nicht wegnehmen. Das durfte sie nicht. Ja, er war wütend gewesen, nein, verzweifelt. Beides hatte Kräfte in ihm geweckt. Und dann war Britta gestürzt. Und jetzt war sie so schwer, eingewickelt in die Zeltplane, mit ihrem Mantel und den Stiefeln. Schwer war sie wie zehn Mann, als er sie durch den Schnee zerrte und noch nicht mal genau wusste, wohin. Da, die Weggabelung kannte er von den Bildern. Hier hatte links das alte Schulhaus gestanden, dort, wo jetzt die Ulmen locker verteilt wuchsen. Ein paar Dutzend Meter weiter kam der Kastanienbaum, den er suchte. Der war das Zeichen, dass rechts die Kirche lag. Schräg links die Baumgruppe musste das ehemalige Pfarrhaus überwuchern. Rechts hinten dagegen war der Ort, den er suchte.

Er erinnerte sich noch gut an die Erzählungen von der Metzgerei. Sein Vater hatte nicht aufhören können mit den alten Geschichten. Wie ihn das angeödet hatte, damals. Unsere Heimat, geraubt. All unsere Habe. Meine Güte!

Es konnte nicht besser gewesen sein als die neue Heimat bei Schönsee, als die öde Wohnküche und der langweilige Hof, den er liebend gerne so weit hinter sich gelassen hätte damals als Jugendlicher, wie das mit seinem Mofa nur möglich war. Noch weiter. Aber dazu war es nie gekommen. Jetzt war er dankbar um das Gerede. Dadurch wusste er von dem Keller unter der Metzgerei seines Vaters, in dem sogar im Sommer das Eis nicht geschmolzen war. Vom Dach, den gekachelten Mauern im Schlachtraum, Fenstern oder Türen war nichts mehr zu sehen. Aber den Keller musste es doch noch geben? Er wagte sich vor in das Unterholz. Die magere Wintervegetation war eine Hilfe. Der Schnee lag hier nicht hoch, er betonte die Konturen des Geländes eher, als dass er sie verbarg. Wie Fingerabdruckspulver, dachte er. Trotzdem brauchte er das Handbeil, das er immer im Kofferraum führte, um probeweise hier und da Gestrüpp zu entfernen. Er fand eine geradlinige Erhebung unter dem Moos, darunter Ziegelsteine, die verrieten, dass sich dort der Rest einer Mauer verbarg. Dicht bei einer Fichte bildete die Linie einen rechten Winkel. Er hatte die Hausecke gefunden. Dort die Gruppe Birken, das musste der Hof gewesen sein zwischen dem Wohnhaus und dem Laden. Er suchte und fand die Lücke, die den Eingang markieren musste. Tür, Schwelle, Boden – nichts davon existierte mehr. Aber jetzt konnte er sich das Gebäude im Geiste vorstellen. Und er ahnte, wo er die Klappe finden würde, die Öffnung, damals dicht über dem Boden, heute vielleicht ein wenig darunter. Wo man Kartoffeln hatte in den Keller rutschen lassen. Oder Kohlen. Oder Eisblöcke. Er holte den Klappspaten und stocherte in trockenem Gras und Wurzelwerk herum, immer dicht an dem bemoosten Wall. Es musste Bestimmung sein, dass er fand, was er suchte. Jedenfalls sagte er sich das, als sich nach einer halben Stunde eine dunkle Öffnung vor ihm auftat, in die er mit der Taschenlampe hineinleuchtete, die er ebenfalls im Kofferraum dabei hatte. Er war gut ausgerüstet, das war er immer. Doch schlecht angezogen. Er hatte nicht einmal an eine Jacke gedacht in der Aufregung, hatte keine Handschuhe, war völlig durchgefroren. Aber der dünne Lichtstrahl zeigte ihm, dass er mehr als eine Tierhöhle gefunden hatte: aus Stein gefügte Wände, aus denen hier und da Farn wuchs, einen glatten Boden, wenn auch voll Moder und Schlamm, ein paar Stangen, ein rostiges Bettgitter, zurückgeblieben nach Feuern und Plünderungen. Der Keller seines Vaterhauses. Er hatte ihn gefunden. Der Ort war perfekt.

Mit letzter Kraft zerrte er Brittas eingewickelte Leiche dorthin und ließ sie durch das Loch gleiten. Der Klang des Aufschlags hallte erst viel später in seinem Kopf wider. Und wider. Und wider. Den Koffer stopfte er hinterher, wie er war, im Ganzen. Jetzt war Britta für immer sicher im Schoß der Familie geborgen. Sie würde ihn nicht verlassen.

Er fror, war halbtot, hatte es eilig. Ein Wunder, dass noch kein Grenzer vorbeigekommen war. Oder auch nicht, in einer Nacht wie dieser, an einem Ort, der zwar in allen Festreden hoffnungsvoll als künftige Mitte Europas gefeiert wurde, der aber nur auf neue Art wurde, was er immer war: der Arsch der Welt.

Mit klammen Fingern hatte er damals den Wagen heimgesteuert. Emily hatte in ihrem Bett geschlafen, das war ein Geschenk gewesen, ein weiteres Zeichen des Himmels, ein Versprechen auf Vergebung. Mit letzter Kraft hatte er den zweiten Koffer leergeräumt, den Britta gepackt hatte, hatte Emilys Sachen zurück in die Schränke gelegt, aufgeräumt, reinen Tisch gemacht. Am nächsten Tag war er krank geworden. Damit entschuldigte er auch, dass er Britta erst Tage später als vermisst meldete. Es hatte erneut geschneit; Reifenspuren würde es keine mehr geben.

Emily hatte in der Zeit danach viel geweint und Albträume gehabt. Sie gewöhnte sich an, in seinem Bett zu schlafen.

Er ließ sie, obwohl sie einnässte. Las ihr vor, sang, wiegte sie. Ein Jahr darauf hatte er mit den Briefen begonnen.

Und jetzt stand er wieder in Untergrafenried. Wieder in der Nacht. Wie vor dreißig Jahren.

Die Gedenktafel war nicht mehr provisorisch. Daneben klärte auf weiteren Tafeln die EU über allerlei Aktivitäten in der Gegend auf. Ein Fahrradweg durch Europa entstand, entlang des ehemaligen Todesstreifens, der jetzt ein einmaliges Biotop sei. Der Weg würde hier vorbeiführen. Todesstreifen klang seltsam in seinen Ohren. Ob wohl viele auf ihm wandeln würden? Oder doch nur er?

Schon bald hinter dem Waldrand begrüßte ihn im Licht seiner Taschenlampe das Bild, das er in der Zeitung gesehen hatte: Von der Grabung freigelegte Grundmauern, mühsam dem Waldwuchs entrissen. Sie hatten nicht nur die Brauerei gefunden, auch das ehemalige Wirtshaus. Er konnte die Schwelle entdecken, die drei Eingangsstufen, den Steinboden dahinter, über den alle Zecher marschiert waren, ohne einen Gedanken an ihn zu verschwenden. Auf einem Haufen Steine davor lagen ein paar rostige Metallteile, blaue Glasscherben, eine halbe Tasse. Die Tassen. Hoffentlich dachte Emily daran, sie vorzuspülen. Es war nicht gut, sie direkt aus dem Karton heraus zu verwenden. Er erwog, sie anzurufen, ließ es dann bleiben.

Fröstelnd ging er weiter.

Es dauerte einen Moment, ehe die Kastanie in Sicht kam, die jetzt ein gepflegtes Stück Rasen umgab. Von der Kirche standen die Mauern etwa hüfthoch, das ganze Gelände war mit Rasenmäher gepflegt, es war leicht, sich zu orientieren. Dort hinten. Sie hatten doch nicht etwa ...? Er war doch nicht zu spät? Er beschleunigte seine Schritte. Alles könnte er ertragen: Das Gefängnis, das Gerede der Leute.

Aber nicht Emilys Blick, wenn sie ihren Papa mit anderen Augen sehen müsste. Wenn er in ihrem Gesicht würde lesen müssen, dass alles, was er doch nur für sie getan hatte, umsonst gewesen wäre. Dass ihre gemeinsame Welt doch noch zusammenbräche. Dass Britta am Ende doch gewonnen hätte. Nein, er musste das hier tun, musste die Knochen zusammenkratzen, die Beweisstücke beseitigen. Für sein Mädchen.

»Hallo, Papa.«

Er erstarrte.

»Ich dachte mir, dass du so auf den Zeitungsartikel reagieren würdest, weißt du.« Sie trat aus dem Schatten der Bäume auf das ein wenig vom Mond beleuchtete freie Stück Weg.

Er öffnete den Mund, aber es kam kein Laut heraus.

»Ich hatte so viele Jahre Zeit, Papa. So viel Zeit, das alles durchzudenken. Was sollte aus einer Frau geworden sein, fragte ich mich, die in keinem öffentlichen Verkehrsmittel gesehen worden war? Die kein Autofahrer mitgenommen hatte? Zu deren Adresse kein Taxi bestellt worden war? Hatte so eine Frau die Gegend wirklich je verlassen? Und dann kamen die Briefe.«

»Emily.«

»Oh, nein, natürlich habe ich nicht sofort Verdacht geschöpft. Nicht als Kind oder Jugendliche. Sie waren so schön, diese Briefe. So wunderschön. Liebevoll und zärtlich ...«

Er glaubte zu hören, dass sie weinte. Sein Mund war trocken. Er versuchte zu schlucken. Ich hab es für dich getan, wollte er sagen. Die ganzen Briefe, alles.

»... einfach zu schön, um wahr zu sein«, fuhr sie endlich fort. Jetzt war ihre Stimme wieder fest. »Irgendwann, ich las sie mal wieder am Stück, fiel mir auf, dass sie außerdem stets zu der Lebensphase passten, in der ich mich befand. Als wüsste Mama stets genau, was mich gerade beschäftigte und umtrieb, was mir Kummer machte. Dass ich mit meiner besten Freundin stritt. Dass mein Hase gestorben war. Aber das wusste *sie* nicht, *sie* konnte es nicht wissen, nicht wahr, Papa? Das konntest nur du.«

»Emily, ich ...«

»Und dann waren da diese Träume.«

Träume? Er erstarrte. Von Träumen wusste er nichts. Sie hatte ihm nie etwas davon erzählt. Nach den unruhigen Nächten des ersten Jahres hatte seine Emily geschlafen wie ein Bär. »Was für Träume?«, brachte er heraus.

»Ich hielt es jedenfalls für Träume. Bis ich zu einem Therapeuten ging, der eine Rückführung mit mir machte, so in der Art. Es waren Erinnerungen, Papa. An Mama, die einen Koffer mit mir packte. Ich legte den Hasen aus Frottee hinein. Und das Märchenbuch mit dem Drachen. Und mein rotes Kleid. Dann gab es ein Geräusch und sie schob mich in mein Zimmer, ich sollte mich ins Bett legen und die Augen zumachen. Das tat ich. Ich sah nichts, Papa. Aber ich hörte Schreie, die ich lieber vergessen wollte. Behalten habe ich nur ihre Stimme, ich höre sie noch: ›Geh in dein Zimmer, Schatz, und schließ die Augen.‹ Danach hab ich sie nie wieder gesehen.«

»Was für eine Rückführung? Was ist das für esoterischer Quatsch?« Wann war das gewesen? Welcher Therapeut? Wie kam es, dass sein Mädchen ihm all diese Dinge verheimlichte? Seit wann war das so? Er fuhr sich mit der Zunge über die Zähne. Alles schmeckte furchtbar, faulig, tot. Er machte einen Schritt auf sie zu.

»Bleib stehen, Papa.« Jetzt sah er, dass es ihr Jagdgewehr war, das sie dabeihatte. Sie stand breitbeinig und sicher. Reiterin, Jägerin, Physiotherapeutin. Sein Mädchen.

»Alles, was mich noch beschäftigte, war die Frage, wo du sie hingebracht haben könntest. Ehrlich gesagt, ich habe sogar heimlich im Kuhstall gegraben. Im Mai, als du vier Wochen auf Kur warst.«

Er schüttelte den Kopf. Das konnte doch nicht sein, solche Worte, so trocken. Sein Mädchen!

»Dann hörte ich von der Ausgrabung. Und rechnete mir aus, dass die Grenze damals frisch geöffnet war. Ich erwähnte das mal, erinnerst du dich?«

»Nein«, entfuhr es ihm hektisch.

»Aber ich. Du bist praktisch leichenblass geworden, als ich dich darauf ansprach, ob wir nicht mal einen Spaziergang über das Grabungsgelände machen wollten.«

»Ist das so?« Er erinnerte sich nicht, so sehr er es auch versuchte, er erinnerte sich nicht. Warum tat er das nicht? Warum hatte er nicht besser aufgepasst? Er wusste doch, dass man jede Sekunde aufpassen musste, Tag und Nacht, selbst im Schlaf. Wer ein guter Vater sein wollte, der ließ niemals in seiner Wachsamkeit nach.

»Danach war ich mir fast sicher. Trotzdem bin ich dir lieber nachgefahren. Kontrolle ist besser.« Wann hatte sie gelernt, mit diesem kalten Lächeln in der Stimme zu sprechen. Sein Mädchen?

»Du solltest nicht hier sein«, sagte er, und, als er erst einmal angefangen hatte zu sprechen, kam er in Fahrt. Er musste das hier beenden, es durfte nicht sein, es durfte gar nicht stattfinden. Er würde es verhindern, würde zurückfinden in die Realität, in ihr Leben. »Du musst morgen früh raus, dein Stand wartet, das ist eine Menge Arbeit. Darauf musst du dich konzentrieren. Du solltest nicht hier sein. Ich bring dich …« Er machte ein paar Schritte auf sie zu.

»Papa!« Sie schrie, so laut, dass er abrupt stehen blieb. Der Lauf der Flinte hob sich ein wenig; er zielte jetzt genau auf seine Brust.

»Emily, bitte, ich ...« Der Lichtstrahl der Taschenlampe in seiner Hand zitterte.

»Hör auf.«

»Es war ein Unfall.« War *er* es, der diese Worte sagte? Diesen unglaublich banalen Satz.

»Hör doch endlich auf.«

Er ließ sich nicht beirren, hob die Hände, gestikulierte. »Sie wollte die Familie kaputt machen, dich mir wegnehmen. Ich liebte dich so, das konnte ich doch nicht zulassen.« Er holte tief Luft und fuhr, da sie nichts sagte, hastig fort. »Ich hab sie nur geschubst, nur weg von der Kinderzimmertür. Sie ist gestürzt, sie ... ich wollte das doch nicht.« Er hielt inne, als er sah, dass sie sich die Ohren zuhielt. Die Geste trieb ihm die Tränen in die Augen. Wie ein Kind, dachte er, sie war doch immer noch im Grunde ein Kind. Sein Mädchen. Eine Weile standen sie so da. Der Flintenlauf zeigte schräg ins Nichts.

Dann nahm sie die Hände wieder herunter.

»Emily«, sagte er, leise, mit aller Zärtlichkeit. »Es tut mir *so* leid.«

»Liegt sie da unten?«, fragte sie. Auch sie war leise geworden.

Er nickte. Dann fiel ihm ein, dass sie das nicht würde sehen können. »Ja«, bestätigte er. Er ließ den Lampenstrahl über den Boden wandern. »Dort hinten ist die Kellerluke.«

»Die ganze Zeit ...«, murmelte sie. Es klang müde.

Ihm kam eine Idee. »Du kannst mir helfen«, schlug er vor. »Wir verstecken sie ... wir betten sie um«, verbesserte er sich. »Bringen sie an einen anderen Ort.« Er musste sich anstrengen, nicht zu sagen: an einen besseren Ort. »Keiner muss das erfahren.« Er hielt inne. »Nichts wird sich ändern«, fuhr er dann fort. »Wir können zusammenbleiben, du und ich …«

»… und Lukas?«

»Aber Lukas hat dich verlassen. Schätzchen.«

»So wie Mama, nicht wahr?«

Etwas an ihrem Ton ließ ihn innehalten. »Ganz genau«, sagte er dann vorsichtig. Er wollte näherkommen, doch die Waffe zielte jetzt wieder auf ihn.

»Ich hab mit Lukas geredet, Papa. Er hat mir den Brief gezeigt, in dem es hieß, ich hätte ihn betrogen. Hatte ich ja auch. Aber irgendwer hat es ihm gesteckt, hat ihm geschrieben und gleich noch Beweisfotos beigelegt. Meine Schuld, Papa. Aber die Schrift von dem Brief, die kannte ich. Es war dieselbe wie die in den Briefen von Mama. Schon komisch, dass meine Mutter hier herumschleicht, um Nacktaufnahmen von mir zu machen und mich bei meinem Freund zu denunzieren, oder? Welche Gründe hätte sie dafür wohl gehabt?«

»Deine Mutter war ein Luder.«

Jetzt schwiegen sie beide. Er kämpfte mit sich. Zu gern hätte er ihr Gesicht angeleuchtet, nachgesehen, wie sie ihn anschaute, ob da noch irgendetwas war, ein Gefühl für ihn, ein Verstehen.

»Ich liebe dich«, sagte er.

»Ich habe die Polizei schon angerufen.«

Es war kalt. Und wieder war er zu dünn angezogen, genau wie damals. Er hätte nicht gedacht, dass er noch einmal so frieren würde. So zittern.

»Sie werden jeden Moment hier sein. Du kannst dir also die Mühe sparen, wenn du nicht willst. Wir holen Mama auch ohne dich da raus.«

Es war ein Unfall. Sie stürzte. Direkt hinein in seine Taschenlampe. Eine spontane, unerwartete Bewegung ihrerseits, die sich unglücklich mit seiner eigenen überkreuzte. Er hörte den Laut, mit dem ihre Stirn barst, doch er begriff es nicht sofort. Dann lag sie vor ihm, die Augen offen. Er hob die Lampe noch einmal, jetzt in aller Ruhe, und leuchtete weit hinein. Sie musste da sein, irgendwo tief dort drinnen. Ihre Liebe für ihn. Es konnte nicht anders sein. Sie war sein Mädchen.

Raimund A. Mader

Eckbert

I.

Von frühester Kindheit an zeichnet mich – meine leider viel zu früh verstorbene Mutter würde dies ohne jedwede Einschränkung bezeugen – eine extreme Verfeinerung der Sinne aus, eine Gabe, die es mir schon als Heranwachsendem erlaubt hat, mich über die allgegenwärtigen Rohheiten und Widerwärtigkeiten des Lebens zu erheben.

Nicht nur wurde mir ein in seiner Absolutheit einmaliges Gehör in die Wiege gelegt, ein Instrument, das mich feinste Schwankungen und Abweichungen von harmonischen Klangmustern in oftmals schmerzhafter Weise erfahren lässt – auch die Schärfe meines Augenlichts erlaubt es mir, Nähe und Ferne mit größerer Klarheit wahrzunehmen als dies den Menschen in meiner Umgebung gemeinhin möglich ist. Selbst tiefste Dunkelheit kann ich dank dieser Fähigkeit mühelos durchdringen. Dazu kommt ein olfaktorischer Sinn, der aus der Fülle der Düfte und Gerüche gnadenlos filtert und ordnet und mich oftmals zwischen Ekel und höchstem Genuss fiebern lässt.

Dass diese Bevorzugung durch die Natur, die im Übrigen auch meinen Intellekt betrifft, nicht nur angenehme Seiten hat, versteht sich von selbst. Denn in der Tat geht damit eine Disposition zu nervöser Ruhelosigkeit einher, die sich in den Tagen der Kindheit vor allem darin zeigte, dass mich die Gesellschaft von Gleichaltrigen in schrecklicher Weise langweilte, ja, dass ich Aggressionen all denen gegenüber empfand, die mir meine Mutter zu Spielkameraden erwählte und uns ins Haus schleppte.

Immer wieder, und zusehend verzweifelt, flehte ich sie deshalb in den frühen Jahren des Heranwachsens an, mir das Zusammensein mit den derben Nachbarskindern, und später mit den nicht minder rohen Schulkameraden, zu ersparen. Vergebens! Mit nie nachlassender Energie versuchte sie, mich zu einem, wie sie es wohl empfand, sozialen Wesen zu formen, ohne auch nur im Ansatz zu verstehen, dass mir meine Einzigartigkeit den engen Kontakt mit jenen mittelmäßigen Kretins geradezu verbot.

So war der Sturz von der Treppe unseres Hauses, bei dem sie sich das Genick brach und der ihrem Leben ein jähes Ende setzte, eine glückliche Fügung, die ich durch das Anbringen eines raffiniert gesetzten Fallstricks nicht unwesentlich beeinflusst hatte.

Dennoch fehlte mir meine Mutter schon bald, vor allem aus dem einen Grund, dass sich infolge ihres Ablebens auch mein Leben in gravierender Weise veränderte. So wurde ich – ein Stadtkind – zu meinem leiblichen Vater geschickt, der sich nach der wenig harmonischen Trennung von meiner Mutter, in einem kleinen Oberpfälzer Ort als praktischer Arzt niedergelassen hatte. Was für ein traumatisches Erlebnis für ein Kind wie mich, das an das stimulierende Fieber der Großstadt gewöhnt war! Mein Vater, der in seinem Beruf völlig aufging, hatte wenig Interesse an meiner Existenz und erachtete es in keiner Weise als seine Pflicht, mich in meiner Entwicklung zu fördern. Schlimmer noch, er schien mich gerade wegen meiner Verfeinerung zu verachten, passte ich doch nicht in das Bild des strammen, robusten Landkindes, wie er es in seiner Praxis tagtäglich vor Augen hatte.

Doch trotz aller Schattenseiten hatte dieses neue Leben durchaus Positives zu bieten. Dieses Positive trug den Namen Greta. Greta war die noch recht junge Lebensgefährtin meines Vaters und für mich, der ich mich schon frühzeitig auf den verbotensten Seiten des Internets herumtrieb, von Anfang an die fleischgewordene Erfüllung meiner durch die virtuelle Bilderflut beförderten erotischen Träume. Anfangs noch scheu, wünschte ich mir nichts sehnlicher, als über einen Zauberstab zu verfügen, der, würde ich ein weibliches Wesen wie Greta damit berühren, dieses solcherart verzauberte, dass ich Herr über seine Sinne wurde. Ein Traum wie ein Märchen! Wie gerne hätte ich Greta auf diese Weise den Verstand und manches mehr geraubt. Aber ach! Welch törichte, kindliche Vorstellung lag diesem Wunsch doch zugrunde, dabei hatte mir – ohne, dass ich mir dessen so recht bewusst war – die Natur ohnehin einen Zauberstab geschenkt, der in einer Weise diesen Vorstellungen gerecht wurde, wie man es sich nur erträumen konnte.

Und so war ich gerade mal vierzehn Jahre und einige wenige Monate alt, als es der Zufall fügte, dass mich Greta in einem intimen Moment unter der Dusche überraschte und dabei meines Gemächts in seiner vollen Pracht ansichtig wurde. Sie stieß einen kleinen Schrei aus und war offenkundig so entzückt, dass sie sich vor die Duschkabine kniete und mich in einer Weise zu liebkosen begann, wie ich dies bis zu jenem Zeitpunkt noch nicht erlebt hatte.

Von diesem Tag an musste sich mein Vater, ohne dass ihm dies je so recht bewusst wurde, Greta mit mir teilen. Dabei bestätigte mir Greta ein ums andere Mal, dass einzig und allein ich es war, bei dem sie ihre Erfüllung fand.

»Du bist ein Tausendsassa«, sagte sie dann, als wollte sie mich anspornen, ihr noch mehr zu geben. Das machte mich anfangs durchaus stolz, doch bald schon langweilte mich ihre derbe Sinnlichkeit, da mir zunehmend bewusst wurde, dass ich mich neben der reinen Körperlichkeit nach etwas ganz anderem sehnte.

So begab ich mich – nachdem ich mich mit Gretas Hilfe meiner Jungfräulichkeit wie eines überflüssigen Kokons entledigt hatte – auf die Suche nach dem, wovon ich selbst noch keine Vorstellung hatte. Mädchen und Frauen, die für einen Moment meine Begehrlichkeit erweckten, gab es selbst in unserem kleinen Ort in Hülle und Fülle und keine brachte es übers Herz, sich mir zu entziehen. Je weniger mir selbst daran gelegen war, umso bereitwilliger schienen sie mir das geben zu wollen, was sie als ihren größten Schatz bezeichneten.

Ich aber musste erkennen, dass bei allem ein Gefühl der Leere blieb. Und dies war es wohl auch, was mich dazu trieb, die Grenzen unseres Städtchens zu verlassen, um über die Felder und Äcker zu streifen, die sich von dort bis zu den dichten Wäldern am Horizont erstreckten. Gänzlich allein, von gelegentlichem Zusammentreffen mit Hundebesitzern abgesehen, die mehr oder minder missmutig hinter ihren Kötern dahinschlurften, oder Joggern, die ihre Hightech-Watches nervös kontrollierten, sobald sie meiner ansichtig wurden, stapfte ich dahin. Bei diesen Spaziergängen kam ich auch an den Mauern des alten Wolfsharter Klosters vorbei, in dem noch einige betagte Mönche hausten, die gelegentlich zusammen mit der Bevölkerung der umliegenden Dörfer ihre Messen feierten. Ich wurde ihrer nur selten ansichtig, doch gelegentlich war leise Orgelmusik hinter den dicken Mauern zu vernehmen, was mich ganz eigenartig berührte.

Ich nahm den Wechsel der Jahreszeiten wahr, ohne mich sonderlich daran zu stoßen, ob ich durch den tiefen Schnee des Winters, die Feuchtigkeit des Frühjahrs, die staubige Hitze des Sommers oder die angenehme Milde des Herbstes meinen Weg nahm. Dabei trieb mich eine innere Unruhe, die mich, wenn ich in der Dunkelheit nach Hause zurückkam, bis in meinen nur selten erquickenden Schlaf begleitete.

Immer war es jedoch der Saum des Waldes am Rande des Klosters, der zur Grenze meiner Wanderungen wurde. Eine tiefe Scheu hielt mich davon ab, in die Schattenwelt einzudringen, gleichsam als fürchtete ich, darin den bösen Geistern meines Ichs zu begegnen.

Schwer zu sagen, was mich an einem heißen Augusttag, kurz nach meinem siebzehnten Geburtstag, dann doch veranlasste, das Wagnis einzugehen, die Weite der freien Flächen hinter mir zu lassen, um in das Dunkel des Waldes einzutauchen. Anfangs standen die Bäume noch in gehörigem Abstand, bereitete auch das Unterholz wenig Mühe, um zügig voranzukommen. Erst nach und nach hemmten dorniges Gestrüpp und abgestorbene Äste meine Schritte, sodass ich nur noch langsam vorankam. Um mich herum war das Hämmern und Pfeifen der Vögel, das Summen der Insekten zu vernehmen und selbst das abgestorbene Geäst schien hin und wieder zum Leben zu erwachen, krachte laut und bedrohlich. Gerüche nach Moder und Fruchtbarkeit und Fäulnis reizten meine Nase, und ich hielt gelegentlich inne, um meine Lungen damit zu füllen. Die Zeit schien stillzustehen. Der Gedanke umzukehren kam mir, doch etwas trieb mich, weiter und weiter zu gehen, als käme ich damit dem Herzen der Dunkelheit näher.

Die Kronen der Bäume über mir wurden zusehends dichter und ließen die Strahlen der Sonne schließlich nur noch als gelegentliches Flimmern herabdringen. Dann, mit einem Mal war mir, als verstummten die Geräusche des Waldes, die mich bislang begleitet hatten. Eine bleierne Stille legte sich über alles. Ich hielt inne, blickte mich nach allen Seiten um. Es war dies ein Moment, in dem meine Sinne weit geöffnet waren. So war es nicht verwunderlich, dass mir in dem herrschenden Zwielicht eine kaum wahrnehmbare bucklige Erhöhung im Unterholz auffiel, der ich mich sofort neugierig näherte. Und wie erstaunt war ich, als ich, nachdem ich mich unter großen Mühen herangearbeitet hatte, versteckt unter losem Erdreich und dem Wurzelwerk eines gestürzten Baumes die verwitterten Mauern eines verfallenen Gewölbes und eine halb vermoderte Tür erkannte, die einen Spaltweit offen stand. Dazu Stufen, die in schwarze Dunkelheit hinabführten. Ein alter Felsenkeller? Eine Bunkeranlage aus dem letzten Krieg? Vorsichtig näherte ich mich, ständig gewärtig auf eklig-schleimiges Getier zu stoßen. Doch nichts regte sich und ich schritt, nachdem ich Schlinggewächse und Brennnesseln zur Seite gedrückt hatte, die ersten Treppenstufen hinunter. Ein fauliger Geruch umfing mich, als ich mich tiefer und tiefer hinabtastete. Am Fuß der Treppe erkannte ich einen engen Gang, kaum mannshoch, der weiter in die Dunkelheit führte. Ich zögerte nicht, war ohne Weiteres bereit, meiner Neugier nachzugeben. Erstaunlicherweise wurde die Luft nicht schlechter, je weiter ich vordrang. Wie es schien, sorgte ein ausgeklügeltes Belüftungssystem für ausreichende Frische zum Atmen. Dazu herrschte ein diffuses Licht, das aus mir nicht ersichtlichen Quellen gespeist wurde. Ich vermutete, dass es im Bereich der Decke Schlitze gab, die in geringem Maße Tageslicht hereindringen ließen. Davon abgesehen war es aber auch meine außergewöhnliche Sehkraft, die mir half, mich in diesem Halbdunkel zurechtzufinden. Schon nach wenigen Dutzend Schritten überkam mich jedoch ein Gefühl von Panik, glaubte ich doch mit einem Mal, mich weder vor noch zurückbewegen zu können und erst nach geraumer Zeit war ich in der Lage, meinen Weg fortzusetzen. In gebückter Haltung tastete ich mich voran – eine nie enden wollende Strecke lang –, als sich der höhlenartige Gang plötzlich weitete und ich in einen etwa vierzig Quadratmeter großen, wenn auch nicht sehr hohen, grob gemauerten Raum stolperte. Erleichtert richtete ich mich auf, froh, endlich wieder aufrecht stehen zu können. Auch hier herrschte graues Zwielicht, doch war es mir nunmehr möglich, meine Umgebung besser zu erkennen, als dies zuvor in dem engen Gang der Fall gewesen war. Als ich nach oben zur Decke blickte, sah ich, dass durch eine Reihe von trüben Glasziegeln Licht von einem darüberliegenden Raum nach unten dringen konnte, was diese Tatsache erklärte.

Ich versuchte mich zu orientieren. Gegenüber des düsteren Loches, durch das ich den Raum betreten hatte, befand sich eine steinerne Treppe, die steil nach oben zu einer – zugemauerten – Tür führte. Ansonsten war keine weitere Öffnung in dem brüchigen Mauerwerk zu erkennen. Wo war ich nur gelandet? Weiter ließ ich meine Blicke schweifen. Links und rechts, in den Ecken des Raumes, standen schwere Steinblöcke, Sarkophage, wie ich bei näherem Hinsehen erkannte, und mir wurde in dem Augenblick klar, wo ich mich befand: Ich war in einer, wohl seit Ewigkeiten nicht mehr begangenen Grabkammer gelandet, die sich – so meine Vermutung – irgendwo unter dem Kloster befinden musste.

Ich setzte mich zu Füßen eines der Sarkophage und nach geraumer Zeit beruhigte sich meine Atmung und der Schlag meines Herzens wurde langsamer. Eine große Ruhe erfasste mich. Mit einem Mal war wie aus weiter Ferne der Klang von Orgelmusik zu vernehmen und ein schwacher Duft von Weihrauch kitzelte meine Nase.

Es war, als wäre ich nach Hause gekommen.

Ich kann mich jedoch nicht mehr erinnern, wie ich an jenem Tag den Weg zurück ins Haus meines Vaters gefunden habe.

II.

Nichts kommt dem Moment gleich, in welchem sich der Mensch für ein anderes Wesen öffnet, in dem er seine Bereitschaft erkennt, sich über die Grenzen des eigenen Ichs hinauszubegeben. Dies gilt in besonderem Maße für Menschen wie mich, die durch ihre gottgegebene Einzigartigkeit Gefangene ihrer selbst sind.

Es ist ein Moment, in dem man mit einem Mal die Gewissheit erlangt, dass man nicht länger ein einsamer Suchender ist, sondern sich völlig unerwartet eine paradiesische Welt auftut, in welcher jeder Atemzug von hellem Zauber ist.

Wie sinnlos war mir bis zu jenem Augenblick eben dieses Leben erschienen – bis Ariana in mein Leben trat.

Und wie weit öffnete sich mein Herz, als sich unsere Blicke ein erstes Mal kreuzten, sich unsere Augen trafen. Ich ahnte, hoffte – ja, wusste sofort –, dass es ihr ähnlich erging. Wir hatten uns gefunden. Zwei verwandte Seelen, die füreinander bestimmt waren.

Ariana Müller (was für ein schrecklich belangloser Name!) würde mich und meine Klasse in diesem Schuljahr – meinem letzten vor dem Abitur – im Fach Deutsch unterrichten. Dies und die Tatsache, dass sie als meine Lehrerin um einiges älter war als ich, beschäftigte mich nur für einen flüchtigen Moment – kaum einen Atemzug lang –, war mir doch von Anfang an klar, von welch geringer Bedeutung diese äußerlichen Gegebenheiten waren. Was zählte, war die Tatsache, dass wir beide – und es gab keinen Zweifel, dass auch sie so empfand – unsere tiefsten Gefühle füreinander entdeckt hatten. Gefühle, die wir nicht offenbaren durften!

Auf diesen außergewöhnlichen Beginn des Schuljahres folgten Tage und Nächte, in denen ich erfüllt war von einem grenzenlosen Begehren, das mich zu Ariana hinzog. Die Vormittage in der Schule verflogen wie Nichts und dehnten sich dennoch in einer Weise, dass ich oftmals glaubte, ich würde es nicht ertragen, bis Ariana wieder in mein Klassenzimmer trat. Welche Qual, die lästigen Stunden zu überstehen, die mich von ihr trennten. War sie dann im selben Raum mit mir, konnte ich kaum an mich halten, wollte ich nichts mehr, als ihr meine unbedingte Liebe zu Füßen zu legen. Hinausbrüllen wollte ich es und wusste doch, dass ich dies nicht durfte. Nichts beherrschte meine Gedanken außer dieser Sehnsucht – und nichts war schrecklicher, als darüber zum Schweigen verdammt zu sein. Ich ahnte, dass es Ariana wohl ganz ähnlich erging, glaubte, es in ihren Blicken zu sehen.

In den anfangs noch lauen Herbstnächten, die allerdings zunehmend eisiger wurden, schlich ich um das Haus, in dem sie eine vorläufige Bleibe gefunden hatte. Wie ein Hund schmachtete ich vor ihrem Fenster, das sich jedoch nie öffnete. Kam ich dann nach Hause zurück, setzte ich mich an mein Laptop und schrieb lange Briefe voller Glut, Briefe, die ich allerdings nie abschickte.

In diesen Tagen sehnte ich mich nach einem Freund, der mir so vertraut wäre, dass ich ihm von meinen Qualen erzählen könnte. Das war eigenartig und mit meiner sonstigen Verschlossenheit gegenüber anderen kaum vereinbar. Und dennoch empfand ich in eben dieser Weise.

Der Einzige in meiner näheren Umgebung, demgegenüber ich einen gewissen Respekt empfand, war Eckbert, ein Mitschüler, bei dem ich ungefähr die gleiche Art zu denken fand, der auch ich am meisten zugetan war. Auch Eckbert war ein Einzelgänger, der es vermied, sich mit den faden Geistern, die ihn umgaben, gemein zu machen. Wie ich ragte er aus der Gemeinschaft der anderen, ohne dass das jedoch dazu geführt hätte, dass ihm diese mit Verachtung begegnet wären. Manchmal beneidete ich ihn deswegen, schien ihm sein Stolz doch weniger angekreidet zu werden als dies bei mir der Fall war. Allerdings hatte Eckbert eine Schwäche, die mich des Öfteren schon erheitert hatte. Es war dies sein Verhältnis zum anderen Geschlecht. Wann immer ihn ein Mädchen ins Gespräch zu ziehen versuchte, reagierte er mit unverständlicher Schüchternheit und eine tiefe Röte überzog dann sofort sein Gesicht. Dabei ahnte ich, wie sehr es ihn drängte, seine Lust zu befriedigen. Da war eine Gier in seinem Blick, die mich an die längst vergangene Zeit erinnerte, bevor mich Greta wachgeküsst hatte.

Es war wohl purer Zufall, dass Ariana Eckbert und mich am Ende einer Deutschstunde mit einem gemeinsamen Referat betraute, das wir über eine romantische Novelle von Tieck erarbeiten sollten.

»Für meine beiden Romantiker«, sagte sie dabei mit einem Lächeln, das mir schier die Brust sprengte. Eckbert reagierte mit der ihm eigenen Verlegenheit und wurde über und über rot. Ach, wie gerne hätte ich Ariana in diesem

Moment, als sie uns beiden so nahe war, an mich gezogen, ihr in der Vertrautheit des Moments meine Liebe gestanden.

Ich war überrascht, mit welchem Eifer sich Eckbert der Aufgabe widmete und ich ließ mich davon anstecken, sodass wir uns in den folgenden Wochen des Öfteren trafen, um an der Konzeption und dann auch an der Ausarbeitung des Themas zu arbeiten.

Eine Passage in der Tieck'schen Novelle faszinierte mich in besonderer Weise, schien sie doch das auszudrücken, was mich im Moment stark beschäftigte:

Es gibt Stunden, in denen es den Menschen ängstigt, wenn er vor seinem Freunde ein Geheimnis haben soll, was er bis dahin oft mit vieler Sorgfalt verborgen hat, die Seele fühlt dann einen unwiderstehlichen Trieb, sich ganz mitzuteilen, dem Freunde auch das Innerste aufzuschließen, damit er umso mehr unser Freund werde.

Natürlich weise ich den Begriff des »Freundes« im Rückblick weit von mir, würde ich doch nie so weit gehen, mich auf die Freundschaft mit einem anderen einzulassen. Dennoch entwickelte sich zwischen Eckbert und mir eine Art Vertrautheit, was eines Abends – wir hatten uns bei mir getroffen – dazu führte, dass ich jegliche Vorsicht vergaß und ihm von meinen Gefühlen zu Ariana berichtete. Wir hatten einige Gläser Wein getrunken, dazu etwas geraucht, und vermutlich hatte dies meine Zunge gelöst. Eckbert jedenfalls lauschte meinen Worten voll Verständnis, lächelte, vermied es jedoch, seine eigene Meinung darüber auszudrücken und verabschiedete sich ungewöhnlich früh.

Kaum hatte er mich verlassen, bemächtigte sich meiner eine Unruhe, die mir den Schlaf in dieser und den folgenden Nächten raubte. Mit einem Mal kam ich mir wie ein schrecklicher Tor vor, hatte ich mich doch mutwillig in die

Hände eines anderen Menschen begeben. Wird er, so fragte ich mich, wird er meine Vertraulichkeit missbrauchen? Wird er meinen Mitschülern meine tiefsten und geheimsten Gefühle verraten, mich damit zum Opfer ihres grausamen Spotts machen? Wird er – und das war die schlimmste Befürchtung, die sich meiner bemächtigte – mit Ariana darüber sprechen? Ich versuchte mich zu beruhigen, aber der Stachel von Misstrauen hatte sich in mein Fleisch gebohrt und steckte dort nun fest.

Die nächsten Tage vergingen, ohne dass ich Eckbert allein angetroffen hätte. Immer war er von Mitschülern umringt, mit denen er sich mit größerer Vertrautheit als sonst unterhielt. Es musste nichts bedeuten, da nun aber mein Argwohn geweckt war, bestätigte sich dieser auch in allen Kleinigkeiten. Ich nahm mir vor, Eckbert genauer zu beobachten, dann aber schämte ich mich wieder meines kleinlichen Verdachts, konnte aber eine nagende Unruhe nicht vermeiden.

Ariana selbst lächelte mich, wann immer wir uns sahen, mit großer Herzlichkeit an ... und doch erkannte ich hinter diesem Lächeln mit einem Mal einen spöttischen Zug, den ich früher so nicht wahrgenommen hatte. Eine unbeschreibliche Unruhe erfasste mich, die sich dann noch steigerte, als Eckbert und ich unser Referat präsentierten und Ariana ihr Lob vor allem an Eckbert richtete, der daraufhin in seiner typischen und peinlichen Weise errötete. Mich und meinen Beitrag schien sie dagegen gänzlich zu ignorieren, was mir unverständlich erschien, da ich doch für die wesentlichen Gedanken und Ergebnisse unseres Referats die Verantwortung trug.

In den folgenden Tagen und Wochen besuchte ich immer häufiger die Gruft im Wald, wo ich oft stundenlang ausharrte und mir im Halbdunkel kauernd mein Hirn zermarterte, was ich nun tun sollte. Schon lange war ich nicht mehr hier gewesen, um, gänzlich allein, mit meiner Seele Zwiesprache zu halten. Erst jetzt – der Winter hatte längst Einzug gehalten – hatten mich meine Dämonen an diesen düsteren Ort zurückgetrieben. Sämtliche Gedanken kreisten um Eckbert, den Einzigen in der Welt, dessen Dasein mich bedrückte und peinigte. Wie ich ihn hasste. Warum nur hatte ich mich ihm anvertraut? Ihm, der mich vernichten würde. Es schien keinen Ausweg zu geben und doch ahnte ich, dass alles wieder froh und leicht sein würde, wenn nur dieses einzige Wesen aus dem Weg geräumt wäre.

Ein Plan reifte in mir, der gewagter nicht sein konnte.

Natürlich ließ ich weder ihn noch die Mitschüler etwas von meinen Gedanken und Zweifeln wissen. Ich hatte einen Entschluss gefasst und die Bestimmtheit meines Plans gebot mir alles zu unterlassen, was mein Vorhaben gefährden konnte. Zu Eckbert war ich weiterhin liebenswürdig, und er bemerkte nicht, dass mein Lächeln jetzt dem Gedanken seiner Vernichtung galt.

Eckbert hatte, wie schon angedeutet, eine Schwäche, und diese Schwäche war sein Verhältnis zum anderen Geschlecht. So war er mit seinen achtzehn Jahren noch immer ohne jegliche Erfahrung, was den intimen Umgang mit Mädchen und Frauen betraf. Dabei war nicht zu übersehen, dass ihn ein Begehren trieb, das nur durch seine übergroße Schüchternheit im Zaum gehalten wurde. Wie also würde er reagieren, wenn ich ihm einen Weg eröffnete, an den Früchten der Liebe zu kosten, ohne dass er die Mühe auf sich nehmen musste, sich den Zugang zu diesen Früchten selbst zu verschaffen?

Es war am Tag vor dem Weihnachtsfest, die Ferien hatten gerade begonnen, als ich meinen Freund – nicht ganz zufällig – auf dem Christkindlmarkt vor dem Rathaus unserer kleinen Stadt traf. Er begrüßte mich mit großer Herzlichkeit und ich erkannte, dass er dem Glühwein, der an den Ständen ausgeschenkt wurde, bereits mit Hingabe zugesprochen hatte. Ich tat, als freute ich mich sehr, ihn hier anzutreffen, ging gar so weit, meinen Arm um seine Schultern zu legen.

Ob er noch etwas vorhabe, fragte ich ihn. Er lachte verständnislos und wollte wissen, warum ich ihn dies frage.

Ich gab mich geheimnisvoll und lud ihn zu einem weiteren Glas dampfenden Glühweins ein.

»Nun sag schon«, meinte er dann. »Was hast du denn vor?«

»Nichts, nichts ...«

Er blickte mich mit seinen vom Alkohol schon etwas getrübten Augen fragend an. Ich lachte leicht, zog ihn aus dem hellen Lichterkreis der Buden ins Dunkle.

»Nichts, was dich interessieren würde.«

Ich sah, dass er mittlerweile ganz begierig war, zu erfahren, was ich vorhatte und seine Neugierde kaum noch zähmen konnte. Da legte ich wie beschwichtigend eine Hand auf die seine.

»Du kennst doch Irene und ihre Schwester ...?«

Ich sah, wie er schluckte. Irene und ihre Schwester Susi galten als die beiden schärfsten Bräute an der Schule und Gerüchte besagten, dass sie es mit jedem trieben, der ihnen entsprechenden Spaß und wohl auch eine kleine Aufbesserung des Taschengeldes versprach.

»Crazy Irene ...?« Er lachte nervös. »Natürlich. Was ist mit ihnen?«

»Lange Geschichte ...«

»Wie? Jetzt sag schon!«

»Na ja«, wand ich mich. »Ich hab da ein paar Wunderpillen ... und die beiden sind ganz scharf auf die bunten Dinger ...«

»Woher hast du das Zeug?«

Ich winkte ab. »Spielt keine Rolle ... aber wenn du willst, kannst du gerne mitkommen ...«

»Ich?«

»Kein Problem, wenn du noch was vorhast ... Karl aus der 11b liegt mir schon lange damit im Ohr ...«

»Karl ist ein dummer Arsch, ein Flachwichser!«

»Das schon, aber ...«

»Wo trefft ihr euch?«

Ich schaute mich nach allen Seiten um – als bestünde die Gefahr belauscht zu werden – und zog ihn noch etwas weiter in den Schatten – weg von den Besuchern des Christkindlmarktes. Ich wusste, das war der Moment, in dem sich entscheiden würde, ob mein Plan gelingen oder scheitern sollte.

»Nicht hier in der Stadt natürlich ...«

Dann erzählte ich ihm von meiner Entdeckung der Grabkammer, ohne die Schwierigkeiten zu verschweigen, die es zu überwinden galt, um dorthin zu gelangen. Auch, dass ich Taschenlampen in meinem Rucksack hätte und ich eigentlich schon auf dem Weg dorthin gewesen war.

»Und Irene und Susi?«

»Die kennen den Zugang und warten bereits in der Kammer ...«

»Krass!«

»Aber, wie gesagt, Karl ...«

»Vergiss es!«

In dem Moment wusste ich, dass ich gesiegt hatte. Der Wein und die Lust flackerten aus seinen Augen. Er war zu allem bereit.

»Wir gehen getrennt ...«, sagte ich, »... und treffen uns an der Klostermauer.«

Er nickte, obwohl er nicht so recht zu wissen schien, warum ich auf Vorsicht bedacht war. Dann traten wir ins Licht zurück und ich verabschiedete mich überschwänglich von ihm.

Als ich an der Klostermauer eintraf, war etwa eine halbe Stunde vergangen. Ich hatte mir ganz bewusst Zeit gelassen, um die Unruhe in Eckbert noch zu schüren.

»Traust du dir den Weg durch den engen Gang auch zu?«, fragte ich ihn, der ungeduldig im Schatten des Mauerwerks verharrt hatte.

»Nun komm schon«, erwiderte er darauf nur.

»Gut, gut«, beruhigte ich ihn. Dabei zog ich aus meinem Rucksack eine Flasche mit Hochprozentigem heraus, die ich ihm reichte.

»Trink«, sagte ich und bot ihm die Flasche. »Das hilft gegen die schlechte Luft unter der Erde.«

Er lachte unsicher, setzte die Flasche an die Lippen und trank einen kräftigen Schluck. »Auf die Toten, die dort unten ruhen«, sagte er.

»Und ich trinke auf dein langes Leben!«

Dann marschierten wir los. Zum Glück lag im Wald so gut wie kein Schnee und wir kamen zügig voran. Nach meinen wiederholten Besuchen kannte ich den Weg, den wir nehmen mussten, so gut, dass wir nur wenige Minuten brauchten, um den verfallenen Zugang zur Grabkammer zu erreichen. Wir schritten die glitschigen Stufen hinab.

Ich leuchtete mit der Taschenlampe ins Dunkel. Der Strahl reichte einige wenige Meter weit und wurde dann von der Dunkelheit verschluckt. Als ich Eckbert kurz anblickte, erkannte ich die Furcht in seinen Augen, sah aber auch, dass ihm der Alkohol schon so weit zu Kopf gestiegen war, dass er zu allem bereit war.

»Komm, wir wollen umkehren, ehe es zu spät ist«, sagte ich.

»Aber die Mädchen ...«

»Was ist mit ihnen?«

»Die Mädchen ... sie warten doch ...«

»Du hast recht«, sagte ich. »Die Mädchen ... vorher aber noch einen Schluck.«

Er widersprach nicht. Gierig trank er die Flasche bis zur Hälfte leer.

»Bereit?«, fragte ich. Er nickte, was ich in der Dunkelheit nur schemenhaft wahrnahm. Dann ging ich los. Ich spürte Eckberts keuchenden Atem in meinem Rücken. Die Zeit schien still zu stehen. Irgendwann hörte ich, wie er fragte.

»Wie weit noch?«

»Gleich, gleich«, beruhigte ich ihn. Als ich den Strahl der Taschenlampe nach hinten richtete, sah ich sein bleiches, verängstigtes Gesicht.

»Geh weiter«, keuchte er.

Minuten später hatten wir das Ende des Ganges erreicht. Ich trat in die Grabkammer, richtete mich auf und wartete, bis Eckbert unsicher durch die Öffnung getreten war. In genau diesem Moment schaltete ich die Lampe aus und ließ sie mit großer Wucht auf den Kopf des Ahnungslosen niedersausen.

Einen Augenblick später hatte ich ihm Handschellen angelegt, die ich vor geraumer Zeit in der Kammer deponiert hatte. Und noch einen Augenblick später hatte ich die eisernen Fesseln mit einem Schließhaken verbunden, der in der Mauer eingelassen war. Das Ganze war das Werk weniger Sekunden, auch wenn ich Mühe hatte, seinen schlaffen Körper in die richtige Position zu bringen. Als er schließlich mit dem rauen Mauerwerk auf ewig verbunden vor mir lag, trat ich einen Schritt zurück.

»Die Mädchen ...«, keuchte er, als er das Bewusstsein wiedererlangt hatte.

»Die Mädchen ...«

Ich nahm die Taschenlampe, mit der ich den Schlag ausgeführt hatte, wieder zur Hand und richtete ihren Strahl in sein Gesicht. Wie es schien, hatte seine Betrunkenheit nachgelassen und er begann seine hoffnungslose Situation allmählich zu begreifen. Das erste Anzeichen dafür gab mir ein leiser, klagender Schrei, der tief aus seinem Inneren kam. Es war nicht der Schrei eines Betrunkenen.

»Was zum Teufel?«

»Ja, zum Teufel ...«, höhnte ich. »Auf immer!«

»Mein Gott, mein Gott!«

Ich tastete mich aus der Grabkammer zurück in den Gang, der mich nach draußen führen würde. Nach wenigen Schritten löschte ich das Licht und bewegte mich nicht mehr, stand nur da und lauschte.

Da stieß der Gefesselte plötzlich wilde, verzweifelte Schreie aus, die ich nur unter größter Anspannung ertrug. Seine Schreie waren so entsetzlich, dass ich auf dieses Geheul antwortete. Ich ahmte es nach, übertönte es, bis ich nur noch meine eigenen Klagen wahrnahm. Dann drehte ich mich um und floh durch den endlosen Gang. Als ich den Ausgang erreicht hatte, wartete ich einen Moment, ehe ich die Stufen erklomm.

»Eckbert«, rief ich.

Keine Antwort.

Ich rief wieder: »Eckbert!«

Seit frühester Kindheit ist die Christmette das eine kirchliche Ereignis, dem ich mit größter, unschuldiger Freude beiwohne. Der Glaube an einen Erlöser, wie ihn die einfachen Menschen in dieser Nacht leben, ist auch in mir fest verankert. Wenn schließlich gegen Ende der Feier das »Stille Nacht« erklingt, öffnet sich mein Herz in ungewohnter Weise und ich fühle mich im Chor der Singenden geborgen.

Wieder war es Zufall – an ein Zeichen des Himmels wagte ich nicht zu glauben –, dass die heilige Mette in diesem Jahr im Kloster Wolfshart stattfand. Zusammen mit meinem Vater und Greta fanden wir drei Plätze in unmittelbarer Nähe des Altarraums, in dem auch ein kleiner Chor Aufstellung genommen hatte.

Das enge Kirchenschiff füllte sich nach und nach und der Atem der Gläubigen, nach Glühwein und Plätzchen duftend, erzeugte Wärme und tiefe Geborgenheit. Das Räuspern und Husten und gelegentliche Keuchen der Männer und das helle Wispern der Frauen war Teil dieses Glücksmoments. Welch unbeschreibliches Glück aber wurde mir erst zuteil, als ich – ohne darauf vorbereitet zu sein – Ariana nur ein Weniges von mir entfernt wahrnahm, die im Chor der Pfarrei singen würde. Wie ein Engel erschien sie mir.

Ich nahm nur wenig von der eigentlichen Messe wahr, zu sehr war mein Blick und mein ganzes Verlangen auf Ariana gerichtet. Sie wiederum hatte mich nicht bemerkt.

Dann – kurz bevor sich die Menschen erhoben, um gemeinsam das »Stille Nacht« zu singen – war mir in einem Augenblick absoluter Stille, als hörte ich tief unter dem

Altarraum einen markerschütternden Schrei, der sich im gesamten Kirchenschiff auszubreiten schien.

»Eckbert«, stieß ich hervor, doch mein Entsetzensschrei ging unter im Klang der Orgel, die in diesem Moment einsetzte.

Und dann war da nur noch der glockenreine Gesang Arianas, der sich über alles legte und ich stimmte mit ein und unsere beiden Stimmen verschmolzen zu einer.

Sonja Silberhorn

Der blauäugige Krampus

9

Die Vorweihnachtszeit behagt dir immer noch nicht, daran haben auch die Jahre nichts geändert. Trotzdem besteht kein Zweifel, deine Freundin Elena hat absolut recht: Der Adventsmarkt im Katharinenspital ist Regensburgs schönster, die Stimmung romantisch, aber angenehm kitschfrei, der Blick auf die nächtlich beleuchtete Altstadt beeindruckend, und die Musik dröhnt nicht schmerzhaft Jingle-Bells-süßlich in deinen Ohren wie andernorts, stattdessen spielt ein Gitarrenduo auf der Balustrade in angenehmer Lautstärke rockige Balladen. Du schließt die Finger um die mit Feuerzangenbowle gefüllte Tasse und lehnst dich an den Stehtisch, den ihr ergattert habt – nah an der Feuerstelle, aber nicht mitten im Gedränge.

Als sich Elena mit einem vorfreudigen Strahlen im Gesicht und zwei Lammburgern in den Händen geschickt ihren Weg durch die Menschenmenge zurück zu dir bahnt, musst du unweigerlich lächeln.

Erst der lautstarke Tumult, der vom Eingang des Marktes zu dir herüberdröhnt, lässt dich deinen Blick von ihr abwenden. Zwischen den vielen Menschen kannst du die Ursache des Lärms zuerst nicht ausfindig machen, doch dann bildet sich eine Schneise, in deren Mitte ein Nikolaus mit schief im Gesicht hängendem Rauschebart, alberner Zipfelmütze und rotem Mantel zurückbleibt, umringt von einer Horde braunschwarzer, schmutziger Gestalten. Du zählst sieben, nein, acht Personen, mindestens, die sich wankend und grölend nähern, wie ein einziger großer, unheimlicher Leib, der sich durch die Menschenmenge walzt.

Die Leute springen beiseite, versuchen, ihre überschwappenden Glühweintassen und sich selbst vor den Ruten, mit denen die finsteren Gestalten Hiebe verteilen, in Sicherheit zu bringen, und machen ihrem Unmut nun ebenfalls lautstark Luft.

Erst jetzt erkennst du, dass manche der Männer des lärmenden Pulks rußbefleckte Wangen und zottige Perücken tragen, andere haben Masken mit bösartig verzerrten Zügen und Teufelshörnern auf, alle sind in graubraune, fellige Lumpen gehüllt, machen schnelle Sprünge auf die Umstehenden zu, verteilen Rutenschläge und stoßen dröhnendes Gelächter aus, wenn die Menschen erschreckt zurückweichen.

Du fängst an zu zittern, dir wird die Luft knapp, das Bild der wilden Meute dreht sich und verschwimmt vor deinen Augen, wie aus weiter Ferne hörst du Elenas Stimme. »Nicht mal im Winter ist man hier vor diesen scheiß Junggesellenabschieden sicher.« Du hörst sie und registrierst auch ihre Wut, aber du verstehst nicht richtig, was sie sagt, denn du musst ersticken, die Krampusse erdrücken dich, deine Beine werden schwach, du fühlst eine Berührung an deinem Oberarm und reißt dich panisch los, während die Kälte dein Herz gefrieren lässt und ein Schrei erstickt in deiner Kehle verharrt.

»Solche Deppen!«, schimpft Elena auf dem Nachhauseweg immer noch. Hinter den Fenstern der Häuser Stadtamhofs brennen die Lampen, zusätzlich tauchen die unterschiedlichsten Weihnachtslichter die Dunkelheit in warmes Gold, aber dir ist trotzdem kalt. Oder gerade deswegen. Du kannst wieder atmen, doch die entspannte Stimmung will nicht zurückkehren.

Was natürlich auch Elena nicht verborgen bleibt. »Zum Glück haben die Security-Typen so schnell reagiert«, versucht sie mehrmals, dich aus der Reserve zu locken. Als du weiter schweigst, ändert sie ihre Taktik. »Ist alles okay mit dir?«

Natürlich, sagst du. Du schiebst die drängenden, schwarzen Gedanken beharrlich beiseite, schließlich lebst du ja noch und bist unversehrt. Natürlich ist alles in Ordnung.

Den Franziskanerplatz mochtest du schon immer. Trotz der Nähe zum lebhaften Zentrum der Altstadt hat er sich seine Ruhe und Beschaulichkeit bis heute bewahrt. Jetzt, am Abend, sieht man zwar nicht, wie farbenfroh die Reihe der schmalen Stadthäuser ist, aber auch in der Dunkelheit erfüllt er dich mit Frieden, gerade nach dem Trubel des Adventsmarkts.

Im Nachhinein bist du dir sicher, dass die folgende Begegnung ein Wink des Schicksals ist, eine Aufforderung, die dich endlich handeln lässt.

Zunächst beachtest du den alten Mann mit der Schiebermütze fast gar nicht, der da in gebückter Haltung auf euch zuschlurft. Zu sehr bist du immer noch damit beschäftigt, um Leere in deinem Kopf zu kämpfen.

Als er jedoch vor einer schweren Holztür stehen bleibt, umständlich einen Schlüssel aus der Tasche seines Anoraks kramt und dann, einem Reflex folgend, in Richtung eurer nahenden Schritte blickt, erkennst du ihn. Du schnappst nach Luft, viel zu laut, wie dir scheint.

Du erstarrst, gelähmt vom Blick dieser kühlen blauen Augen, die meterweit entfernt sind. Nur in deinem Kopf, in deinem Bewusstsein sind sie ganz nah. Was Elena sagt oder tut, entgeht dir völlig, der Frieden hat den Franziskanerplatz verlassen, der Zufall, ihm ausgerechnet hier zu begegnen, durchdringt dich wie ein Krampf bis in dein Innerstes, es ist zu viel.

Du stehst wie erstarrt, keinen Schritt schaffst du mehr, und auch die Leere in deinem Kopf verschwindet endgültig. Stattdessen ist er gefüllt von Bildern, wie im Film überlagern sich die Sequenzen, ohne sich um Chronologie zu scheren.

Du siehst dich als Kind, klein, schmal und unschuldig, in gespannter Erwartung zwischen all den anderen aufgeregten Kindern deiner Mannschaft sitzen. Der Nikolaus, wo bleibt der Nikolaus?, wispert es in deinem Kopf und um dich herum.

Du fühlst den Schrecken, der dir in alle Fasern deines Körpers fährt, als sich die Tür öffnet, und der sehnlichst erwartete Wohltäter halb verdeckt wird von einem Teufel mit höllischer Fratze, der nichts mit dem ruppigen, augenzwinkernden Krampus gemein hat, den du vom Nikolausbesuch zuhause kennst. Er ist böse, böse, und die Rutenhiebe tun weh und hinterlassen Striemen auf der Haut, und die Erwachsenen fangen zögerlich an zu lachen, und als die Kinder das sehen, macht sich vorsichtige Erleichterung breit. Alles nur ein Spiel, alles in Ordnung.

Doch selbst als du die kalten blauen Augen hinter der Maske endlich erkennst, bleibt das Unbehagen, ebenso wie sein Name bleibt. Für alle Zeit wird er für dich und deine Freunde nur noch der Krampus sein, ob beim Training oder bei der Saisonabschlussfeier, ob beim Punktspiel oder im Sommerlager.

Ja, vor allem im Sommerlager ist er der Krampus. Du riechst den bitteren Geruch aus seinem Mund, hörst den zischenden Atem an deinem Ohr, bist gelähmt und glaubst nicht, dich je wieder rühren zu können, siehst seine kalten Augen und schließt deine eigenen, aber er durchdringt die

Lider. Durchdringt dich. Wie oft, das weißt du nicht mehr, aber der Ekel und Schmutz sind nach dem ersten Mal schon da, egal wie sehr du versuchst, alles abzuschrubben. Du siehst dich schrubben, waschen und bürsten, kotzen und zittern, bis sich die blauen Augen hinter der Maske wieder in den Vordergrund drängen.

Niemals wirst du diese erste Weihnachtsfeier des Vereins vergessen, und du weißt, dass es auch den anderen Kindern aus deiner Mannschaft so geht. In der Erinnerung kommt es dir vor, als wäre seine Fratze von Jahr zu Jahr teuflischer geworden, seine Schläge fester, sein Grollen böser, aber der erste Schock war der schlimmste, der, der sich eingebrannt hat.

Irgendwann ist es vorbei, dein Klein- und Unschuldigsein, und der nächste Trainer ist kein Krampus, und zur Weihnachtsfeier bist du jetzt in jedem Jahr krank, und es ist überstanden und du denkst nicht mehr daran, denn du darfst nicht mehr daran denken, ganz einfach. Nur vor Weihnachten, da musst du um die Leere im Kopf kämpfen, jedes Jahr aufs Neue. Bis heute.

Mit einem Ruck fällt die Tür hinter dem alten Mann ins Schloss, und du findest zurück in die Gegenwart, endlich. Elena steht neben dir, besorgt und verwundert, aber deine abwehrende Geste hält sie davon ab, nachzufragen. Mit einem Achselzucken geht sie weiter, und du tust es ihr gleich.

Der Krampus lebt also noch. Ganz in deiner Nähe.

Über Facebook seid ihr alle noch befreundet, aber ohne euch je zu kontaktieren oder auch nur mit einem *Like* das gegenseitige Wohlwollen zu versichern. Als würdet ihr euch vergewissern wollen, dass die anderen noch existieren, und dabei zugleich verhindern, mehr als diese weitestmöglich entfernte Nähe ertragen zu müssen. Ihr lebt alle noch in Regensburg oder seid nach dem Studium wieder zurückgekehrt, so wie du, als du eingesehen hast, dass du den Krampus auch in Berlin nicht loswerden kannst. Wenn du einem von ihnen heute zufällig auf der Straße begegnest, ihr in Stadtamhof auf den Freisitzen benachbarter Cafés sitzt, zur selben Zeit im selben Bioladen einkauft, dann seht ihr weg, wie zufällig, als wäret ihr einfach abgelenkt. Alle.

Umso mehr erstaunt es dich, als die Reaktionen auf deine Nachricht eintreffen. Michael ist der Schnellste, er antwortet schon nach fünf Minuten. Am meisten Zeit lässt sich Uli, doch auch seine Antwort findest du nach kaum vier Stunden in deinem Postfach. Bin dabei. Als hätten alle nur darauf gewartet.

Und jetzt sitzt ihr hier, an diesem Tisch im Kneitinger am Arnulfsplatz, jeder vor einer Halben Bier, in der Mitte des Tisches ein weihnachtliches Gesteck, das schon arg ramponiert ausschaut, obwohl es noch zwei Wochen durchhalten muss: Die rote Kugel hat Kratzer, der kleine Tannenzweig argen, vermutlich auf Zerstörungswut basierenden Nadelverlust, die Schleife unter der Kerze ist von Wachsflecken verunziert. Das Gesteck erinnert dich an die Deko auf den Weihnachtsfeiern, damals, und auch Uli starrt es an, unverwandt und ausdruckslos.

Du erzählst, was passiert ist, leise, in reduzierten Sätzen, und vielleicht hättest du das früher schon tun sollen, denn sie nicken, verstehen dich, alle, ohne dass du viel erklären musst.

Als du vom Heimweg berichtest, zischt jemand tonlos: »Er lebt noch?« Ja, sagst du. Du warst dir auch sicher, der Krampus dürfe nicht alt werden, dürfe nicht mehr hier sein, nach allem, was er getan hat.

Du spürst die Angst am Tisch, nicht mehr vor dem Krampus selbst, sondern davor, den Erinnerungen jetzt, nach diesem Treffen und deinen Worten, nicht mehr ausweichen zu können, sie zulassen zu müssen, und es tut dir leid, dass du die anderen dazu zwingst, ganz ohne Vorwarnung und in der schlimmsten Zeit des Jahres.

Ich will das nicht mehr, sagst du am Schluss. Es muss ein Ende haben.

Als Erster nickt Michael, dann die anderen. Zuletzt sagt Uli leise: »Ja, das muss es.«

Erst am Morgen des 24. Dezembers liest du in der Zeitung davon. Du schmückst gerade den Baum, sehr zu Elenas Erstaunen, als sie dich in die Küche ruft.

Dort sitzt sie, vor der tagesaktuellen Mittelbayerischen, und deutet auf einen Artikel. »Kennst du den?«, fragt sie. »Das war doch dein Verein, früher mal?«

Du wirfst einen Blick auf die Stelle, die ihr Finger markiert, nickst und beginnst zu lesen, von seiner Vergangenheit als Lehrer, als ehrenamtlicher Trainer bei deinem Verein, als in jüngeren Jahren aktives und beliebtes Mitglied der Stadtamhofer Gesellschaft, der sich mit Begeisterung ehrenamtlich engagierte. Sport und der Umgang mit Kindern seien seine Steckenpferde gewesen, steht dort, sein wichtigster Lebensinhalt.

Vom Krampus selbst steht dort nichts, stellst du fest. Und auch nichts davon, dass der Tote von seinen Mördern mit einem schaurigen Kostüm zugedeckt worden war, eine hölzerne Maske über den für immer geschlossenen Augen.

Die Polizei kommt nicht weiter, liest du, zumal der Tote nach dem Erreichen des Pensionsalters seinen geselligen Lebensstil geändert hat und zuletzt zurückgezogen in einer kleinen Wohnung lebte, kaum mehr soziale Kontakte pflegte und erst recht keine Feinde hatte.

Man sei also auf die Mithilfe der Bevölkerung angewiesen, steht dort, wer auch immer einen Hinweis geben könne, möge sich umgehend mit der Regensburger Kripo in Verbindung setzen.

Als du zu Ende gelesen hast, sieht Elena dich mitfühlend an.

Ja, Kinder mochte er immer besonders, sagst du, dann setzt du dich ihr gegenüber an den Tisch und greifst mit einer Bewegung, die sich erstaunlich unbeschwert anfühlt, nach deinem Smartphone.

Du willst eine Nachricht an die Gruppe schicken, aber als du die Facebook-App öffnest, siehst du, dass Uli dir zuvorgekommen ist. *Frohe Weihnachten*, liest du. Mit einem Lächeln auf den Lippen erwiderst du den Weihnachtsgruß.

Du machst dir keine Sorgen. Niemand hat je zuvor geredet. Auch jetzt wird es keiner tun.

Max Stadler

Geködert

10

Er war eingeschüchtert.

Die Artikel, die er kurz zuvor über Vernehmungen gelesen hatte. Die Videos, die er angesehen hatte. Die Gedanken und Aussagen, die er sich zurechtgelegt hatte. Alles umsonst?

»Wir wissen, dass du dir seinen Tod gewünscht hast, Simon. Sag uns alles, was du weißt, hier und jetzt. Noch ist es nicht zu spät.«

Pause. Blinzeln. Tief durchatmen, um den rasenden Puls wieder auf einen normalen Rhythmus zu senken. Der Versuchung widerstehen, alles zuzugeben. Bloß nicht aufblicken zu dem Kriminalbeamten, der sich als Harald Schmid vorgestellt hatte. Bloß nicht alles erzählen, was vor zwei Tagen passiert war.

***

Vor zwei Tagen. An einem völlig gewöhnlichen Mittwochnachmittag in der bayerischen Oberpfalz. Es war Anfang Dezember, und man glaubte sich fast in Sizilien. Kein Schnee, fünfzehn Grad, Sonnenschein. Kurz nach vierzehn Uhr. Simon saß im Linienbus auf dem Weg zu seinen Großeltern. Normalerweise dauerte die Fahrt von Amberg nach Rieden eine halbe Stunde. Aber vor der einzigen Ampel am Rand der Stadt staute sich der Verkehr. Jetzt raste schon wieder ein Polizeiwagen mit Blaulicht und heulender Sirene vorbei. Die Leute im Bus reckten die Hälse. Neugierig. Simon starrte auf die Rückenlehne vor sich.

Er war vierzehn Jahre alt, scheu und verschlossen, kaum an anderen interessiert. Er hatte ein Bedürfnis nach Ordnung und Struktur. Nahm Details sehr scharf wahr.

Die meisten Unfälle passieren freitags zwischen 15 und 18 Uhr. Ein früher Mittwochnachmittag war im Schnitt eher ungefährlich.

Er saß in der vorletzten Reihe des alten Linienbusses. Der penetrante Gestank von Abgasen drang herein. Immer, wenn der Bus kurz anfuhr, um sogleich wieder zu bremsen, knirschte und zischte es.

Eigentlich hätte Simon jetzt noch Unterricht gehabt. Er dachte an ein Rätsel:

Ein Einbrecher befindet sich in einem Gebäude. Er ist hineingelangt, ohne den Alarm auszulösen. Er bleibt sehr lange in dem Gebäude. Als er es verlässt, löst er wieder keinen Alarm aus. Wäre er aber kürzer geblieben, hätte er den Alarm ausgelöst. Wo war der Einbrecher? Antwort: Im Gefängnis.

Die Schule war ein Gefängnis. Für Lehrer und Schüler. Simon war eigentlich gut in der Schule. Den Stoff zu lernen, fiel ihm leicht. Er hatte nur keine Lust darauf. Einer der Lieblingssätze seiner Lehrer lautete: »Simon verschwendet sein Potential.« Ein weiterer ihrer Lieblingssätze war: »Man kann sich nicht alles aussuchen.« Vielleicht musste man so denken, wenn man Lehrer war. Oder um Lehrer zu werden.

Der Bus näherte sich der Unfallstelle. Blaulicht blinkte von rechts aggressiv durch die Scheiben. Simon versuchte, nicht hinzusehen, aber aus den Augenwinkeln nahm er einen Krankenwagen, zwei Feuerwehrautos, mehrere Streifenwagen und eine kleine Menschenansammlung wahr.

Einzelne Bilder blitzten in seinem Kopf auf. Blut. Eine blasse Hand. Ein Knochenteil, das aus einem Bein ragte. Eine tiefe, sanfte Stimme. Ein Mann, der sich über ihn beugte. Steriler Krankenhausgeruch.

Er presste die Augen zu. Das Blaulicht schien sich durch seine Lider zu fräsen. Er konnte es nicht ausschließen. Legte die Hände auf die Augen. Beugte sich vor und konzentrierte sich. In seinem Kopf sprachen zwei Stimmen. Die eine schilderte die furchtbaren Eindrücke und befahl ihm, Panik zu empfinden, Angst zu haben. Sie war schrill und laut und übertönte die zweite Stimme, die ruhige, beschwichtigende.

Er wusste, dass er sich auf die ruhige Stimme fokussieren musste. Er musste deren Volumen hochschrauben. Dies gelang nur, wenn er ganz geduldig hinhörte.

Jetzt konnte er die Stimme verstehen. Sie sagte ihm, dass die Wahrscheinlichkeit, an einer Grippe oder Lungenentzündung zu sterben, fünfmal höher sei als die Gefahr eines tödlichen Verkehrsunfalls. Punktuelle Unglücke würden viel zu stark wahrgenommen. Auf eine Million Einwohner kämen in Deutschland jährlich gerade einmal vierzig Verkehrstote. Ereignisse im Familienkreis verstärkten eine irrationale Risikoeinschätzung. Was da draußen passiert war, hatte nichts mit ihm zu tun. Es war nicht sein Vater. Es hatte nichts mit dem Unglück vor fünf Jahren zu tun. Er wusste überhaupt nicht, was passiert war. Vielleicht war es nur ein kleiner Unfall, oft wurde ja der Krankenwagen vorsichtshalber losgeschickt. Keine voreiligen Schlussfolgerungen ziehen.

»Alles okay?«

Die Stimme kam vom Sitz vor ihm.

Er öffnete die Augen einen Spalt und blickte in das Gesicht eines Mädchens, das er kannte. Es hieß Mara. Mara ging in die Parallelklasse. Er konnte sich nicht erinnern, dass sie je mit ihm gesprochen hätte. Sie hatte die Kopfhörer aus den Ohren genommen, die Musik war dennoch deutlich zu verstehen. *Gib's mir doggy*, sang Katja Krasavice.

»Ja, warum?«, antwortete er.

»Weil ... weil du so komische Geräusche machst, komische Sachen murmelst und dir die Augen zuhältst ... Was meinst du mit Risikoeinschätzung?«

Er schüttelte den Kopf und wandte sich ab. Aus den Augenwinkeln verfolgte er, dass sie ihn noch eine Weile musterte und sich dann wieder nach vorn drehte.

Der Bus beschleunigte. Endlich ließen sie die Stadt hinter sich. Die Straße führte durch das Vilstal, links und rechts erhoben sich bewaldete Hügel.

Simons Handy vibrierte.

Er hob ab.

»Ja?«

»Simon, wo bist du?« Die Stimme seiner Mutter klang gestresst.

»Um zehn bin ich daheim. Mach dir keine Sorgen.«

»Simon, bitte, du weißt, was sie gesagt haben. Sie werfen dich von der Schule, wenn du so weitermachst. Du kannst nicht ...«

»Ich helfe Opa und Onkel Hans mit den Schafen. Bis später.«

***

Die laute Stimme des Kriminalbeamten riss Simon aus seinen Gedanken. »Sag uns, was du weißt! Alles!«

Er ahnte instinktiv, dass ihn stures Leugnen – »ich weiß nichts« – nur verdächtiger machen würde. Er musste Zeit gewinnen. Sein Gegenüber in Sicherheit wiegen und dem

Polizisten den Eindruck vermitteln, dass er ehrlich antwortete. Dass er sich bemühte und bei der Aufklärung helfen wollte.

»Ihre Frage ist sehr allgemein. Könnten Sie mir bitte genauer sagen, was Sie mit ›alles‹ meinen?«

Harald Schmid schaute ihn an. Man hatte ihm gesagt, dass der Junge sehr intelligent war. Anzeichen von Autismus. In seiner eigenen Welt lebend. Kaum Kontakt zu Gleichaltrigen. Überraschenderweise hatten sie bei der Hausdurchsuchung keinen Computer gefunden. Der Junge hatte das typische Profil eines Nerds. Von früh bis spät im Internet, diverse Games spielend, aktiv auf einschlägigen Foren, mit irrwitzigen Alias. Hier: nichts dergleichen. Ein Wandregal voller Bücher. Stephen King, Hermann Hesse, Thomas Mann, E.T.A. Hoffmann, August Strindberg. Die meisten Namen sagten Harald Schmid nichts. Er wusste nur, dass er es nicht mochte, wenn er den Eindruck hatte, dass ein vierzehnjähriger Knilch eine breitere Bildung zu haben schien als er selbst. Hatte der Junge diese ganzen Schinken wirklich gelesen? Die Mutter behauptete, ja. Schmid entschied sich für eine neue Strategie. Seine Eingangsfrage war wirklich zu allgemein gewesen. Diesen Jungen musste er ernster nehmen.

»Liest du gern?«, fragte er nun stattdessen.

Was sollte diese Frage jetzt? Simon starrte auf die Tischplatte. Weißer Lack. Überhaupt war in diesem Verhörzimmer alles weiß. Die Wände. Die Tür. Selbst die Stühle waren in gelblichem Weiß gestrichen. Gestanden die Leute leichter, wenn alles um sie herum weiß war?

Er zuckte mit den Achseln. »Ja«, antwortete er.

»Wer ist dein Lieblingsautor?«

»Stephen King.«

»Das ist ziemlich grausam, oder?«

»Das ist vor allem hervorragend geschrieben. Nennen Sie mir doch bitte einen besseren Autor.«

»Ich weiß nicht ...«

»Was wissen Sie nicht?«

Simon hatte den Blick jetzt fest auf den Kriminalbeamten gerichtet. Dunkle braune Augen, fast so schwarz wie seine Haare. Die Bücher waren eine Sackgasse. Harald Schmid las nicht. Keine Zeit. Die wechselnden Schichten, die Kinder, die Ehefrau. Morgens die Zeitung, aber für Bücher war da kein Platz. Er fühlte sich merkwürdig ertappt. Als müsste er mehr lesen. Als hätte er versagt. Warum weckte dieser Grünschnabel solch ein Gefühl der Ohnmacht bei ihm? Er spürte, dass er wütend wurde.

»Stimmt es, dass dein Stiefvater dich nicht mochte?«

Das war eine fiese und verletzende Frage. Der Polizist verlor die Kontrolle über sich und über das Gespräch. Simon überlegte, ob das gut war. Entschied, dass ein zorniges Gegenüber mehr Schwierigkeiten bedeutete als ein zufriedenes. Er musste schwächer sein. Durfte keine Überlegenheit zeigen, nicht einmal unbewusst. Und schon gar nicht zum Ausdruck bringen, dass er den Polizisten für ungebildet hielt. Sei der klügere Dummkopf im Raum, aber sei ein Dummkopf.

»Das stimmt. Der Freund meiner Mutter mochte mich nicht«, sagte er. Sagte bewusst nicht Stiefvater. Seine Mutter und Markus waren nicht verheiratet gewesen.

»Und wie war es bei dir? Mochtest du ihn auch nicht?«, fragte der Beamte.

***

Der Bus hielt in jedem Dorf, an nahezu jedem Gehöft, ächzend und knatternd. In Ensdorf stieg Mara aus, ohne ihn noch einmal anzusehen. An der Haltestelle wartete ein Junge auf sie. Er hockte auf einem alten Motorrad, trug eine abgewetzte Lederjacke und rauchte. Das Mädchen ging zu ihm, setzte sich rittlings auf seinen Schoß und küsste ihn leidenschaftlich.

Simon starrte auf das Pärchen, während der Bus wieder losfuhr. Der Kerl auf dem Motorrad erinnerte ihn unwillkürlich an Markus.

Der Freund von Simons Mutter trug auch ständig eine Lederjacke, fuhr Motorrad und rauchte. Er hatte schulterlanges, angegrautes Haar, das an der Stirn lichter wurde. Er hatte Freunde, die ebenfalls viel rauchten und tranken und Motorrad fuhren. Er hatte zu allen Bands und zu allen Filmen eine Meinung. Manchmal joggte er, um den angehenden Bierbauch zu verkleinern – vergeblich. Er war Anfang vierzig und sah aus wie fünfzig. Er arbeitete als Aushilfslehrer und unterrichtete Musik. Er konnte rund zehn Akkorde auf der Gitarre und beherrschte eine Reihe von eingängigen Soli. Als er zum ersten Mal zu Besuch gekommen war, hatte er sich vor Simon hingestellt, der damals zwölf gewesen war, und ihm die linke Faust vors Gesicht gehalten. »Siehst du die hier?«, hatte er gefragt. »Die ist bärenstark.« Dann hatte er die rechte Faust vorgestreckt und dabei so getan, als würde er erschrecken. »Und vor der hier hab ich selber Angst.«

Simon wusste nicht, was Mara an diesem rauchenden Typen mit dem Motorrad fand. Es war ihm egal. Bei seiner Mutter war es ihm nicht egal. Er verstand sie nicht. Bevor sie Markus kennengelernt hatte, war alles in Ordnung gewesen. Sie und Simon waren ein Duo. Natürlich war sie überfordert gewesen. Sie hatte nicht viel auf die Reihe gekriegt. Ihr Teilzeitjob in der Apotheke reichte gerade für die Miete. Ohne die Unterstützung seiner Großeltern wäre nichts gegangen. Aber das war völlig okay gewesen. Sie hatten ihren Alltag gehabt, ihre Rituale. Dann kam Markus. Und bald die Katastrophe.

Du kriegst ein Geschwisterchen, Simon. Eine kleine Schwester. Freust du dich?

Sie war schwanger geworden. Obwohl Markus sie grün und blau schlug. Die Episode mit den Fäusten war nur oberflächlich ein Scherz gewesen. Markus war gewalttätig. Wenn er soff, hatte er sich nicht unter Kontrolle. Er war frustriert, weil er ein miserabler Musiker war. Er hasste das Unterrichten, weil bei ihm die Schüler nichts lernten. Und er verabscheute seinen eigenen Körper, der mit jedem Bier und mit jeder Zigarette fetter und schlapper wurde.

Als der Bus losfuhr und das Pärchen auf dem Motorrad langsam aus Simons Blickfeld verschwand, war etwas in ihm zerbrochen. Es war, als hätte er in einen Spiegel geschaut und dort das junge Ich seiner Mutter gesehen. Wie sie für einen Typen schwärmte, der cool und lässig war; der Träume hegte und viele Freunde hatte. Und wie sie stattdessen zu Hause einen Sohn hatte, der in sich gekehrt war und am liebsten in der Welt der Bücher verschwand.

Südlich von Rieden begann der Hirschwald. Teile davon beherbergten den Truppenübungsplatz. Gelbe Warnschilder am Waldrand wiesen die Besucher an, das Gelände nicht zu betreten. Minengefahr. Zusammen mit seinem Großvater hatte Simon dennoch jedes Jahr im Herbst dort Pfifferlinge gesucht oder vielmehr »gefunden«, wie sein Opa immer betonte. »Wir gehen Pilze finden, nicht suchen. Wir sind doch keine Anfänger.«

Seit zwei Jahren ging Simon die Pilze allein finden, der Schlaganfall seines Großvaters hatte alles verändert. Im Haupthaus wohnte jetzt Simons Onkel mit seiner Frau. Das alte Nebengebäude auf dem Hof war *behindertengerecht*. Rampen, ein Treppenaufzug, Griffe neben der Kloschüssel. Der Großvater saß im Rollstuhl und konnte nicht mehr sprechen. Zumindest schien es so für Außenstehende. Simon hingegen wusste, dass sein Opa jetzt einfach nur eine andere Sprache sprach. Eine Sprache, in der es wenig Grammatik, keine Konjugation, keine Deklination, keinen komplexen Satzbau gab. Eine Sprache, die nur sein Opa konnte. Und die nur Simon und seine Oma wirklich verstanden.

Seit dem Schlaganfall hatte Simons Großvater zwar einige Fähigkeiten verloren, neben dem Sprechen und Laufen auch Funktionen einer ganzen Körperhälfte, ein Mundwinkel hing schief, und ein Auge war stets halb geschlossen, die linke Hand konnte er kaum bewegen, dafür aber hatte er geradezu einen siebten Sinn für Stimmungen und Körpersprache entwickelt.

Als Simon an der Haltestelle unweit des Hofes seiner Großeltern aus dem Bus stieg, sah er seinen Opa etwa hundert Meter entfernt am Rand der Wiese sitzen. Die alte braune Wollmütze auf dem Kopf, in seine dicke Bermudajacke gehüllt, eine warme Decke auf dem Schoß.

Simon war zu ihm gegangen. Hatte gespürt, wie ihn sein Großvater musterte, während er sich näherte, langsam den Schotterweg entlangging. Dabei zwang Simon sich zu einem Lächeln, ahnte aber, dass er seinen Opa nicht täuschen konnte. Der Blick des alten, bärtigen Mannes war wach.

Und als er vor seinem Opa stand und ihn begrüßen wollte, brachen die Tränen aus ihm heraus. Simon öffnete die

Lippen, aber es drang nur ein unterdrücktes Schluchzen aus seiner Kehle.

Sein Großvater hob ganz leicht die rechte, die funktionierende Hand und brummte leise. *Erzähl.*

Und Simon begann zu erzählen.

***

»Jetzt erzähl schon! Wie standest du zu deinem Stiefvater?«, fragte der Kriminalbeamte erneut.

Er hatte schüttere weiße Haare, der Polizist, viele Falten im Gesicht, das selbst um diese Jahreszeit, kurz vor Weihnachten, noch sonnengegerbt war. Eine Lederhaut. Es macht ihn alt, dachte Simon. Älter als er wahrscheinlich in Wirklichkeit ist.

Simon schwieg.

Himmel, wie sollte er aus diesem Jungen etwas herausbekommen? Setz ihn nicht zu sehr unter Druck, hatte ihm die Vorgesetzte geraten. Er hatte das mit einem Grinsen abgetan. Dreißig Jahre machte er diesen Job inzwischen. Er wusste doch wohl, wie er die Wahrheit aus so einem Dreikäsehoch hervorquetschte.

»Ist das deine Handynummer?«, fragte Harald Schmid und schob Simon ein Stück Papier hin, auf dem eine Zahlenfolge stand.

Simon warf einen Blick darauf und nickte.

»Um 16.41 Uhr vor zwei Tagen erhielt dein Stiefvater eine Nachricht von dieser Nummer. Hast du sie geschrieben?«

»Ich habe doch schon gesagt, dass ich mein Handy verloren habe.«

»Ausgerechnet an diesem Nachmittag ... Findest du nicht, dass das ein merkwürdiger Zufall ist?«

»Doch.«

»Eigentlich gibt es nur zwei Möglichkeiten: Entweder du lügst uns an und hast das Handy überhaupt nicht verloren – dann steckst du in ernsten Schwierigkeiten, Kleiner, das sage ich dir – oder der ›Dieb‹ (der Polizist malte zwei Anführungszeichen in die Luft) hat deinem Stiefvater die Nachricht geschickt.«

»Ich war es nicht.«

»Dann hast du das hier nicht geschrieben?«

Der Kriminalbeamte schob Simon einen zweiten Zettel hin: *Sie sagen, es geht ums Erbe. Du sollst um 19 Uhr zum Hof kommen, dann klärt ihr das.* /S

Simon schüttelte den Kopf.

»Wann hattest du dein Handy das letzte Mal?«

»Im Bus.«

»Bist du dir sicher?«

»Nein. Aber da hat mich meine Mutter angerufen. Vielleicht ist es mir dann aus der Jackentasche gerutscht.«

»Später hattest du es nicht mehr?«

Simon sagte nichts.

»Hallo? Später hattest du es nicht mehr?«

***

Er hatte seinem Großvater alles erzählt. Die Schläge. Die Tritte. Das Gebrüll. Die Flüche und Drohungen. Wie sehr er Markus hasste. Wie verzweifelt er war, weil seine Mutter jetzt schwanger war.

Und der Blick seines Opas war hart geworden. Er hatte nichts gesagt, während Simon ihn zum Nebengebäude geschoben hatte, in dem die Großeltern wohnten.

Im Haupthaus brannte Licht. Simons Tante war in der

Küche. Er konnte ihre Silhouette durch die Fensterscheibe erkennen. Also war es nach halb vier. Ihre Schicht im Büro endete um 15 Uhr. Onkel Hans war nicht in Sicht. Bestimmt noch im Wald oder auf den Feldern.

Der Wind hatte aufgefrischt. Brachte kalte Luft aus dem Osten. Simon fröstelte.

Er öffnete die Haustür des Nebengebäudes, in dem früher die Knechte und Mägde gehaust hatten, und hängte seine Jacke an einen Garderobenhaken. Im Flur kam ihn seine Oma entgegen und begrüßte ihn mit einer Umarmung.

»Es ist noch etwas vom Hackbraten übrig.«

Sie bugsierte ihn ins Wohnzimmer zu einem Sessel, brachte einen Teller, Besteck und den dampfenden Braten. Kartoffelbrei. Gekochtes Gemüse. Vitaminsaft. Stellte alles auf den flachen Tisch neben den Adventskranz. Eine Kerze war noch heil, die drei anderen wie in einer abfallenden Tonleiter unterschiedlich weit herabgebrannt. Dabei schimpfte sie mit Simons Opa, der noch immer im Flur war. »Putz die Reifen ab, bring mir nicht den ganzen Dreck ins Haus ... Und nimm diese furchtbare Mütze ab!«

Sie hatte sich zu Simon gesetzt und geseufzt.

»Ach, es wird immer schlimmer. Dein Opa ist ein richtiger Griesgram geworden. Wenn ich an früher denke ... ach, ach. Er schläft kaum noch. Hat Albträume. Ich glaube, er träumt vom Krieg. Von damals. Gerade war der Pfarrer da. Um 18.30 Uhr ist nachher die Messe, Simon. Dein Opa will nicht mehr mit. Weigert sich. Ich bete jeden Tag, dass er den Glauben an Gott wiederfindet.«

Sie hatte kurz innegehalten. Simon ahnte, was folgen würde.

»Ich schließe dich jeden Morgen und jeden Abend in meine Gebete ein, Simon. Dich und deine Mutter. Du musst öfter in die Kirche gehen. Wann warst du das letzte Mal?«

Simon hörte, wie hinter ihm der Großvater ins Zimmer kam. Dieser würde ihn vor dem Kirchenbesuch bewahren. Würde seiner Frau zu verstehen geben, dass er Simon zum Füttern der Schafe brauchen konnte, weil Onkel Hans zuviel mit dem Holzmachen zu tun hatte.

»Simon, begleite mich heute bitte in die Kirche. Der Pfarrer wird sich so freuen, dich zu sehen. Er fragt mich immer, wie es dir geht.«

Simon wandte sich Hilfe suchend zu seinem Opa um. Doch dieser nickte. Brummte etwas, das wie »mit« klang.

***

»Warum bist du an diesem Abend mit deiner Großmutter in die Kirche gegangen?«

Die Stimme des Polizisten klang resigniert.

»Weil sie nicht allein gehen wollte.«

»Gehst du oft mit deiner Großmutter in die Kirche?«

»Ab und zu.«

»Warum dann ausgerechnet vorgestern?«

»Weil sie nicht allein gehen wollte.«

Der Junge war wie eine Wand aus Beton. Jede Frage prallte hart ab.

»Ich fasse also zusammen: Du hast dein Handy wahrscheinlich im Bus verloren. Die Nachricht an deinen Stiefvater hast du nicht geschrieben. Du wusstest nicht, dass er zum Hof kommen würde, während du mit deiner Großmutter in der Kirche warst. Und als du zurückkamst ...«

»... war die Feuerwehr schon da.«

***

Überall Blaulicht, das von den Hausmauern zurückgeworfen und von den Scheiben widergespiegelt wurde. Menschengruppen. Männer in Uniform. Das Heulen nahender Sirenen. Mindestens zehn verschiedene Fahrzeuge von Polizei und Feuerwehr. Drei Krankenwagen.

Panisches Entsetzen. War seinem Großvater etwas zugestoßen?

Er hatte seine Tante erblickt. Sie saß auf einer Bahre neben einem Krankenwagen. Eine Decke um die Schultern. Ein junger Sanitäter stand neben ihr und sprach beschwichtigend auf sie ein. Simon eilte zu ihr.

»Wo ist Opa?«, fragte er.

Sie blickte ihn verwirrt an. Ihre Augen schimmerten seltsam gläsern.

»Ich weiß es nicht«, sagte sie.

»Ist ihm etwas passiert?«

Sie wirkte noch verwirrter.

»Wem?«

»Na, Opa!«

Sie schüttelte den Kopf. Der Sanitäter schob Simon zur Seite.

»Deine Tante hat einen schweren Schock erlitten. Wir müssen sie ins Krankenhaus bringen.«

Simon schlängelte sich zwischen den Fahrzeugen und Menschen hindurch. Alle wirkten beschäftigt. Manche betroffen. Ein Mann in einem langen Mantel rauchte eine Zigarette und lauschte den Ausführungen eines anderen Mannes, der wie ein Arzt aussah, Brille, Kittel, eckiges Kinn. Mehrere Feuerwehrmänner drängten sich vor dem Eingang zum Schafstall. Simon sah, dass das Tor zwar offen stand, aber ein Absperrband den Zutritt verwehrte. Das links oben an der Decke angebrachte Licht brannte und erhellte den vorderen Teil des Stalls. Einige weißgekleidete Menschen gingen langsam auf und ab. Zwei bückten sich über etwas, das am Boden lag. Im Hintergrund blökten die Schafe, mal hoch, mal gedämpft.

Und da sah er ihn endlich.

Sein Großvater saß direkt neben dem Stalltor und beobachtete das Geschehen. Die rechte Hand war zu einer Faust geballt. Er wirkte ernst und gefasst. Als habe er etwas vollbracht, dessen Konsequenzen furchtbar waren; die er aber dennoch mit Würde und Stolz ertragen würde.

***

»Der Strohballen wog ungefähr 200 Kilo und fiel aus zehn Metern Höhe auf deinen Stiefvater herab. Er war auf der Stelle tot.«

Der Junge verzog keine Miene. Harald Schmid seufzte und machte Anstalten, sich zu erheben.

»Der Ballen hat sich aus den Eisengabeln des Krans gelöst. Genau in dem Augenblick, in dem dein Stiefvater darunter stand. Ich glaube nicht an Zufälle.«

Nein, fügte der Polizist innerlich hinzu. Ich glaube wirklich nicht an solche Zufälle. Eine Nachricht auf dem Handy, mit der dieser Mann offensichtlich angelockt worden war. Ein im richtigen Moment herabfallender Heuballen. Nur wie kam es, dass dieser Mann genau dort gestanden hatte? Allein. Sich der Gefahr nicht bewusst. Man hatte ihn geködert. Nur wie?

»Schon komisch«, murmelte der Polizist.

»Was ist komisch?«, fragte Simon.

Harald Schmid winkte ab. Es war nur ein Gedanke, der ihm auf einmal gekommen war.

»Nur ein Detail, bestimmt nicht wichtig.«

Simon liebte Details. Er beugte sich vor.

»Was für ein Detail?«

Die Änderung im Verhalten des Jungen war bemerkenswert. Plötzlich schien sein Interesse geweckt.

»Die Mütze.«

»Die Mütze?«

»Ja. Dein Stiefvater hatte seine Mütze in der Hand, als er ... als ihn der Ballen traf.«

»Was ist daran komisch?«

Eigentlich nichts. Und doch vieles.

»Es war eine abgetragene braune Wollmütze. Eine ziemlich seltsame Mütze für jemanden wie deinen Stiefvater ... Sie war voller Dreck. Sie muss ihm heruntergefallen sein. Kanntest du die Mütze?«

Simon starrte auf die Wand hinter dem Polizisten.

»Simon?«

Er antwortete nicht.

»Kanntest du die Mütze?«

Elmar Tannert

Die Spieluhr

»Wann e abnds vo da Kneipp hoamgeh
duat mir mei Wodl so weh.
Mei Widl mitn Wodl,
mei Knechl mitn Knachl,
mei Fuaß, wenn e muaß,
mei Zeh duat ma weh,
Wann e abnds vo da Kneipp hoamgeh …«

Mitten im Lied klingelte das Telefon. Es war kurz nach zehn. Meine Mutter. Ausgerechnet jetzt. Die Gans mit Klößen und Blaukraut war verspeist, und alle waren in weinseliger Stimmung.

»Frohe Weihnachten«, sagte ich reflexartig, als ich den Anruf entgegennahm. Dabei hätte es kaum unpassendere Worte gegeben, um meine Mutter zu begrüßen.

»Frohe Weihnachten, Katharina«, erwiderte sie, und ich fragte mich, ob ich jemals diese Worte aus ihrem Mund gehört hatte.

»Mama, was ist? Alles in Ordnung bei dir?« Sie rief nicht vom Festnetz an, sondern benutzte zum ersten Mal das Mobiltelefon, das wir ihr vor einiger Zeit geschenkt hatten – »für Notfälle« –, ohne je einen Gedanken daran zu verschwenden, in was für unpassenden Momenten ein solcher Notfall eintreten könnte.

»Alles in Ordnung«, gab sie zurück, aber sie klang durchaus nicht so, als sei alles in Ordnung. »Ich wollte dir nur sagen – ich weiß, ich habe euch das Leben oft schwer gemacht

– und ihr habt wahrscheinlich gedacht, ich bin nicht ganz richtig im Kopf – aber jetzt …«

»Niemand hat je geglaubt, dass du nicht ganz richtig bist im Kopf«, log ich.

Mamas Lachen klang nach bitterem Triumph. »Natürlich habt ihr. Ihr habt ja nicht gewusst, warum ich – ich hab euch ja niemals erzählt, warum ich euch all die Jahre an Weihnachten immer alleingelassen habe … es gibt Dinge, die kann man nicht … aber jetzt – stell dir vor, die Spieluhr ist wieder aufgetaucht, die alte Spieluhr!«

»Immer alleingelassen« traf die Sache nicht ganz. So sehr die Oberpfalz mit weißer Weihnacht gesegnet ist – bei uns war Weihnachten stets schwarz durchtränkt gewesen von der Depression, die Mama zu diesem Anlass kultivierte.

Christoph winkte mit einem Päckchen Spielkarten. Ich hob die Schultern und machte eine entschuldigende Miene. Mama hatte sich wirklich den denkbar günstigsten Augenblick für ihren Anruf ausgesucht.

»Können wir das nicht morgen …? Jetzt gerade ist es ganz schlecht. Wir haben nämlich Besuch. Die Zilks von nebenan sind da, ein Freund von Christoph mit seiner Frau, dann noch meine alte Schulfreundin Doro mit ihrem Mann, die Dorothea, weißt du noch? Morgen könnte ich dich besuchen, ich bringe ein paar Plätzchen mit, wir trinken einen Kaffee zusammen, und du erzählst mir alles.«

»Morgen? Nein, morgen geht das nicht mehr. Du musst mir zuhören. Jetzt. Es dauert auch nicht lang.«

Was hieß *nicht mehr?*

»Mama, geht's dir nicht gut? Wo bist du denn?«

Sie gab nicht sofort Antwort. Vielleicht musste sie darüber nachdenken, welche Frage sie zuerst beantworten sollte.

»Mama?«

Während sie schwieg, hörte ich knirschende Schritte im Schnee. Ihre Schritte.

»Was machst du? Bist du draußen? Wohin gehst du?«

Nun waren wirklich alle am Tisch hellhörig geworden.

»Zu Lisa. Zu Elisabeth. Aber jetzt lass mich erzählen und stell nicht dauernd so viele Fragen.«

»Elisabeth? Welche Elisabeth?«

Es gab nur eine Elisabeth in ihrem Leben, von der ich wusste, und die war tot. Ihre große Schwester. Sie hatte sie schon in der Kindheit verloren. Ein Unfall, hieß es immer nur, ein tragisches Unglück. Das war alles, was man zu hören bekam.

Mama ignorierte meine Frage.

»Ich gehe zu Lisa«, beharrte sie. »Ich hab nämlich die Spieluhr wiederbekommen. Unsere alte Weihnachtsspieluhr! Seit siebzig – seit fünfundsiebzig Jahren hab ich sie nicht mehr in der Hand gehabt. Wart mal, ich zieh sie auf, damit du sie hören kannst.«

Christoph hatte unterdessen eine neue Flasche Rotwein geöffnet und unseren Gästen nachgeschenkt.

»Entschuldigt bitte«, sagte ich. »Aber mit Mama stimmt was nicht. Sie läuft gerade völlig verwirrt in der Gegend herum und erzählt mir was von einer alten Spieluhr.«

Genau in dem Augenblick erklang aus dem Smartphone fein zirpend *Stille Nacht*, und dann ließ sich Mama wieder vernehmen. »Sie ist jahrelang auf dem Dachboden herumgelegen, hat Jirka mir erzählt, bis er beschlossen hat, sie zu reparieren. Und jetzt sieht sie wieder richtig gut aus, wie neu!«

Ich ließ die Frage, wer Jirka ist, vorläufig auf sich beruhen.

»Was heißt ›läuft in der Gegend herum‹? Ist sie irgendwo draußen bei der Kälte?«

»Können wir was tun?«

»Hab noch keine Ahnung, wo sie ist.«

Ich aktivierte die Mithörfunktion und legte mein Smartphone auf den Tisch.

»Der Mond und die Sterne glänzen genau wie früher«, hörte man Mama, untermalt von *Stille Nacht,* »und die vier Engelchen auch. Bei dem einen war die Flöte abgebrochen, und dem mit der Harfe haben die Flügel gefehlt, aber das hat der Jirka alles wieder hingekriegt.«

Ich hoffte inständig, dass es sich bei diesem Jirka, ein Tscheche offenbar, nicht um eine Altersliebe meiner Mutter handelte. Kann ja im Kino eine nette romantische Komödie abgeben. Aber im Falle meiner Mutter? Erst meinem Vater mit ihren Launen das Leben zur Hölle machen, bis er vorzeitig ins Grab sinkt, und sich dann auf ihre alten Tage einen Neuen anlachen?

Man konnte hören, wie eine Flasche geöffnet wurde. Dann nahm meine Mutter ein paar Schlucke. Mutmaßlich Likör. Wie immer an Heiligabend und zwischendurch.

»So eine schöne Spieluhr! Da käme kein Mensch drauf, dass Elisabeth wegen der Spieluhr ... und ich bin schuld daran! Ich wollte sie unbedingt mitnehmen. Es war doch Weihnachten. An Weihnachten sind wir mitten in der Nacht noch einmal zu unserem Haus zurück. *Wir müssen noch ein paar Sachen holen,* hat Papa gesagt, *und an Weihnachten wird uns nichts passieren. Weil die Polizisten an der Grenze auch Weihnachten feiern.* Aber trotzdem mussten wir leise sein, ganz leise. *Es gibt nämlich gute Polizisten und böse Polizisten,* hat Papa gesagt, *und die bösen Polizisten feiern nicht Weihnachten, sondern verstecken sich im Wald, und wenn sie uns erwischen, stecken sie uns ins Gefängnis.*«

Sie hielt inne. Vielleicht war es ihr selbst aufgefallen, dass sie einen Plapperton wie ein kleines Mädchen angenommen hatte. War das noch die rüstige alte Dame, als die man meine Mutter in der Öffentlichkeit kannte? Sie wohnte allein, versorgte sich selbst, fuhr sogar noch kurze Strecken mit dem Auto, zum Arzt, zum Einkaufen, und hatte noch nie Anzeichen von Demenz gezeigt. War es jetzt so weit? Man konnte hören, wie sie abermals die Flasche öffnete und sich ein paar Schlucke gönnte. Ich nutzte die Pause.

»Mama! Du musst wieder nach Hause! Wir haben zehn Grad unter Null!«

»Nein! Ich *muss* dahin! Die Spieluhr ... das ist kein Zufall, dass ich sie vor ein paar Tagen wiederbekommen habe. Das war eine Botschaft ...«

Ihr Atem ging schwerer.

»Es ist erst ein paar Tage her, da stand dieser junge Mann bei mir vor der Tür. Ein Tscheche, aber er spricht sehr gut Deutsch. Ob ich die Frau Nachtmann bin, die früher Drachsler geheißen hat? Die als Kind im böhmischen Rappauf gelebt hat? *Dann habe ich vielleicht etwas, was Ihnen gehört. Oder vielleicht wissen Sie, wem es gehört,* hat er gesagt und die Spieluhr aus der Tasche gezogen.«

Dieser junge Mann namens Jirka, so schälte sich aus Mamas Bericht nach und nach heraus, stammte aus dem ehemals deutschböhmischen Städtchen Weißensulz, das heute Bělá heißt. Etwa fünfzehn Kilometer von der Grenze entfernt. Die Spieluhr hatte er schon als Kind auf dem Dachboden im Haus seines Großvaters entdeckt, dessen Vater wiederum in der Nachkriegszeit in Železná, dem ehemaligen Eisendorf, stationiert war. Angeblich – so erzählte man es in Jirkas Familie – hatte die Spieluhr den früheren deutschen Bewohnern des Hauses in Weißensulz gehört und war bei ihrem Auszug, nebst anderem Hausrat, zurückgelassen worden. Irgendwann, als Jirka schon längst Student der Germanistik und Geschichte war, packte ihn so etwas wie Gerechtigkeitssinn. Er machte die ehemaligen deutschen Eigentümer des Hauses seines Großvaters ausfindig, die mittlerweile in Regensburg lebten, und schickte ihnen ein Foto, aber dort wusste man nichts von einer Weihnachtsspieluhr. Also recherchierte er die ehemaligen deutschen Bewohner aus den Dörfchen, die im Einsatzbereich seines Urgroßvaters gewesen waren, was heutzutage keine große Sache ist. Jirka musste im Prinzip nur die Ortspläne und Einwohnerlisten abfotografieren, die in vielen der verfallenen Dörfer in Schaukästen aushängen, und dann in den Grenzgemeinden vorsprechen, in Waldhäuser und Stadlern, Dietersdorf und Schönsee und so weiter, ob die Leute oder ihre Nachkommen im Ort bekannt sind. Die Deutschböhmen, die aus dem Grenzland stammten, haben sich fast alle nur wenige Kilometer entfernt von ihrer alten Heimat angesiedelt. So landete er schließlich, nach einigen Fehlschlägen, bei meiner Mutter, die im Angesicht der Spieluhr in Tränen ausbrach und seither offenbar völlig neben der Spur war.

»Ich hab dem Jirka an dem Nachmittag alles erzählt. Es war an Weihnachten. Weihnachten nach dem Krieg. Nein, ein Jahr später. Die Grenzpolizisten sind damals von Haus zu Haus gegangen und haben gesagt, *ihr könnt nicht bleiben, ihr müsst weg, und wenn ihr jetzt nicht geht, wird es für euch ganz schlimm kommen. Wir meinen es gut mit euch. Ihr müsst gehen, bevor es zu spät ist.* Also haben wir zusammengepackt, was wir tragen konnten, und sind über die Grenze nach Dietersdorf hinunter.«

Am Tisch waren gedämpfte Gespräche in Gang. Hans mutmaßte nach den letzten Worten meiner Mutter, dass sie in die entgegengesetzte Richtung ging, von Dietersdorf über die grüne Grenze nach Rappauf. Hieß »zu Lisa« also »zurück in die alte Heimat«? Aber die alte Heimat existiert nicht mehr; die Tschechen haben dem Dorf Rappauf zwar einen neuen Namen gegeben, Rabov, aber keinen Stein auf dem anderen gelassen; stünde dort keine Gedenktafel, könnte man den Ort nicht einmal mehr erahnen. Und: Mama hatte sich in all den Jahren nach der Grenzöffnung stets vehement geweigert, einen Spaziergang »nach drüben« zu unternehmen. Sie wollte von den alten Geschichten nichts mehr wissen. Vergangenheit ist Vergangenheit. Und jetzt ging sie mitten in der eisigen Nacht wegen einer alten Weihnachtsspieluhr ausgerechnet dorthin, wo sie die vergangenen dreißig Jahre nicht hatte hingehen wollen?

Sollten wir etwas unternehmen? Und wenn ja, was? Sollten zwei von uns nach Dietersdorf fahren? Das würde unter den heutigen Wetterverhältnissen eine Stunde dauern. Und dann? Von dort aus auf gut Glück die Gegend absuchen? Die Polizei anrufen? Was sagt man da? »Meine Mutter geht gerade betrunken im Schönseer Land spazieren, eventuell befindet sie sich irgendwo zwischen Dietersdorf und Rappauf in Tschechien. Könnten Sie mal eine Handyortung machen und nach dem Rechten sehen?«

Ich schwankte zwischen Sorge und Widerwillen. Genügte es meiner Mutter denn nicht, die Weihnachten meiner Kindheit ruiniert zu haben? Musste sie wirklich ihrer erwachsenen Tochter noch das Leben schwer machen? Bis zu ihrem Anruf war der Abend geradezu perfekt gewesen. Ein geglücktes Experiment. Vier Paare an einem Tisch, deren Kinder allesamt außer Haus waren und die bei uns zu einem weihnachtlichen Freundschaftsabend zusammengefunden hatten. Solche Abende können peinlich danebengehen, wenn die Chemie zwischen den Gästen nicht stimmt.

Und nun war die ausgelassene Laune dahin. Eben hatten wir noch gesungen. Hans hatte angefangen, Sven dieses alte Lied vom Kneipenheimweg beizubringen. Sven war ein neuer Kollege von Christoph an der Fachhochschule, Dozent für Wirtschaftsingenieurwesen, und erst vor einem Jahr mit seiner Frau Uta aus einem Kaff bei Hamburg hierher nach Weiden gezogen. »Wenigstens ein Lied von hier musst du können, wenn du dich integrieren willst«, hatte unser Nachbar Hans schlitzohrig verkündet und das Lied vom nächtlichen Heimkehrer angestimmt, dem von Strophe zu Strophe ein Körperteil mehr wehtut. »Früher«, behauptete Hans, »war das bei uns der Alkoholtest. Wenn dich die Polizei nachts auf dem Heimweg angehalten hat, und du hast alle Strophen fehlerfrei vorsingen können, haben's dich weiterfahren lassen. Also, weiter geht's – wir sind ja noch nicht einmal mit dem Bein ganz durch:

Wann e abnds vo da Kneipp hoamgeh
duat mir mei Wodl so weh.
Mei Widl mitn Wodl,
mei Knechl mitn Knachl,
mei Fuaß, wenn e muaß,
mei Zeh duat ma weh,
Wann e abnds vo da Kneipp hoamgeh …«

Und jetzt nur noch meine Mutter im Raum, der alle lauschten, nervös und ratlos, während ich mich bei dem Gedanken ertappte, dass betrunken im Schnee erfrieren ganz gewiss nicht der unangenehmste Tod ist, den man mit achtzig haben kann. Dorothea sah mich an, als erriete sie meine Gedanken.

»Es ist deine *Mutter!*«

Recht hatte sie. Aber wusste sie, wie oft ich als Kind bang die Hand meiner Mutter gehalten hatte, wenn sie mit kalten Umschlägen auf der Stirn im abgedunkelten Schlafzimmer lag und ihre Migräneanfälle hatte? Wie viele Aufstiege und Abstürze ich miterlebt hatte? Hatte sie mit ihrer Sonnenscheinmutter denn eine Ahnung davon, dass man irgendwann alle Emotionen absterben lässt, lieber empfindungslos ist, als fortwährend hin- und hergeworfen zu werden?

»Unsere Eltern sind danach noch ein paarmal über die Grenze nach Rappauf und haben geholt, was man irgendwie tragen konnte. Sogar Mutters Nähmaschine. Die Grenzpolizisten hatten zwar gesagt, dass in unserem Dorf bald Tschechen wohnen werden, aber jedes Mal, wenn unsere Eltern kamen, standen die Häuser immer noch leer. Kurz vor Weihnachten haben sie dann erfahren, dass bald Soldaten kommen sollen, die die Grenze scharf bewachen werden. Nicht so wie die Polizisten, die uns kannten und immer wieder ein Auge zugedrückt haben. Elisabeth und ich sollten bei diesem letzten Mal mitgehen, damit wir mitnehmen konnten, was nur ging. Ich weiß noch, wie elend wir gefroren haben auf dem Hinweg. Es war so kalt, noch viel kälter als heute! Aber wir durften uns nicht zu viel anziehen, damit wir in unserem alten Haus so viel Kleidung drüberziehen können, wie nur irgend geht. Ich hab mein ganzes Leben lang nicht vergessen, wie gruselig das war, in das dunkle, kalte, stille Haus zu gehen, das einmal unser Zuhause gewesen war. Als ob wir Einbrecher wären. – Katharina? Hörst du mich? Bist du noch dran?«

»Ja, Mama. Ich bin noch dran. Wo bist du? Wir kommen und holen dich!«

Ich verfluchte den Satz, noch während ich ihn aussprach. Nicht, weil von uns ohnehin keiner mehr fahrtüchtig war, sondern weil ich mich wie meine eigene Mutter fühlte. Auch ich kannte offenbar kein normales Maß, auch ich konnte offenbar nur schwanken zwischen Abstoßung und Anziehung, Gleichgültigkeit und Überfürsorge und wusste nicht, wen ich dafür mehr hassen sollte, meine Mutter oder mich selbst.

»Gleich bin ich an der Lichtung. Da führt ein Steg über den Bach, und dann bin ich auch schon über der Grenze. Es ist nicht mehr weit. Mach dir keine Sorgen. Ich finde den Weg. Hier hat sich nichts verändert in all den Jahren.«

Polizei? stand auf dem Zettel, den Dorothea mir zuschob. Ich nickte. Sie verschwand in der Küche. Kurz darauf hörte ich sie die notwendigen Durchsagen machen.

Mama befand sich unterdessen immer noch als kleines Mädchen im dunklen, fremdgewordenen Zuhause. »Und dann hab ich plötzlich die Spieluhr gefunden. Ich wollte sie so gern mitnehmen, aber Papa hat *nein* gesagt, *wir nehmen nur mit, was wir unbedingt brauchen.* Da gab es keine Widerrede. Ich war so unglücklich! Ich wollte nicht auf Papa hören! Ich bin zu Lisa und hab geweint und hab sie angebettelt, dass sie die Weihnachtsspieluhr heimlich in ihren Rucksack packen soll. Und sie hat es getan – mir zuliebe – jetzt – jetzt hab ich die Stelle gefunden! Hier sind wir aus dem Wald herausgekommen. *Psssst!* hat Papa gesagt, *stehen bleiben!* Hat gelauscht, hat sich umgesehen, hat sogar die Luft ein paar Minuten lang eingesogen. *Und jetzt schnell hinunter über die Lichtung zum Steg, du hinter Mama, Lisa hinter mir, dann haben wir es geschafft!*«

Plötzlich ein Geräusch, als fiele eine schwere Last zu Boden.

»Mama! Bist du hingefallen?«

»Nein ... nein ... ich muss mich nur ... ausruhen ... ein wenig hinsetzen ...«

Wo hatte sie sich hingesetzt? Auf eine verschneite Bank? Auf den Boden?

»... und einen Schluck trinken.«

Sie war nicht mehr weit entfernt von der verwaschenen Artikulation, die mir von klein auf signalisiert hatte *Mama ist nicht wie sonst. Mama hat getrunken. Mama ist betrunken. Wieder einmal betrunken.* Am nächsten Tag ihre Entschuldigungen, ihre Beteuerungen. »Mama hat dich lieb. Mama ist wieder gesund. Manchmal ist Mama nur ein bisschen traurig.« Ich musste daran denken, wie ich als Kind geweint hatte, geweint vor Wut und Neid auf die intakten Mütter meiner Schulfreundinnen. Besonders Doros Mutter. Mich überkam ein Zittern. Ich griff nach meinem halbvollen Rotweinglas und leerte es in einem Zug.

»Wie ist das bloß passiert?«, wimmerte meine Mutter. »Ausgerutscht ... sie ist wohl ausgerutscht ... oder über eine Wurzel gestolpert ... aber sie steht wieder auf ... und da geht auf einmal die Spieluhr los ... *Sti-hille Nacht, heilige Nacht«*, sang sie, *»alles schläft, einsam wacht* ... wir sind alle vier dagestanden wie eingefroren – ich hatte riesige Angst, dass Papa böse wird auf mich – und auf einmal macht es – bum! – von irgendwo hat jemand geschossen ... und er hat sie genau in den Kopf getroffen, mitten in den Kopf! Lisa fällt um ... sie war gleich tot ... und wir ... wir sind gerannt, gerannt, haben sie einfach liegen lassen ... Lisa, Lisa, Lisa, Lisa, kannst du mir verzeihen? – Komm, spielen wir, dass das nie passiert ist – dass wir alle glücklich nach Hause gekommen sind, und du hast die Spieluhr aus dem Rucksack genommen – so – hast sie mir gegeben – ich hab sie aufgezogen – und die vier Engel haben sich gedreht – für jeden von uns ein Schutzengel.«

Die Spieluhr erklang von Neuem, ebenso unbarmherzig, wie Kirchturmuhren seit Jahrhunderten das Vergehen der Zeit verkünden, und die Atmosphäre im Wohnzimmer glich der in einem Luftschutzkeller, in dem man jede Sekunde einen neuen Granateneinschlag erwartet. Aus der Küche hörte ich Dorothea, die noch immer mit der Polizei telefonierte. Warum waren sie nicht schon längst mit einer Hubschrauberstaffel unterwegs?

»– dein Lieblingsengel war der mit der Harfe, weißt du noch, Lisa? Und meiner der mit der Flöte – und wenn wir schön singen, werden sie immer auf uns aufpassen – *schlaf in seliger Ruh, schlafe in seliger Ruh* ... vielleicht war es gar nicht ich ... vielleicht hat dein Schutzengel nur einen Augenblick nicht richtig auf dich aufgepasst ... nur einen Augenblick lang ...«

Plötzlich ein neues Geräusch. Eine Plastikverpackung knisterte, wurde geöffnet – Weihnachtsplätzchen? »Und jetzt eine für dich, Lisa ... eine für mich ...« – die Verbindung brach ab. Offenbar ertrug auch der Akku das Telefongespräch nicht mehr. Und ich suchte die gleiche Zuflucht wie meine Mutter und griff nach der Rotweinflasche.

***

Sie haben Mama erst am nächsten Morgen gefunden. Tot. Mit einer Packung Schlaftabletten im Leib und der Spieluhr im Arm. Einmal noch hab ich sie aufgezogen nach Weihnachten und die Engelchen, die sich stumpfsinnig im Kreis bewegten wie früher die Ponys auf den Jahrmärkten, so lange angestarrt, bis ich plötzlich meine Mutter auf dem

Rücken des Flötenengels sitzen sah, tränenüberströmt, mit einer Hand festgeklammert, in der anderen eine Likörflasche. Als Christoph nach Hause kam, fand er eine volltrunkene Frau zuhause vor, die auf allen vieren mit einem Hammer in der Hand über den Küchenfußboden kroch und wie eine Besessene auch noch auf das letzte Splitterchen der Spieluhr einschlug.

Die Autorinnen und Autoren

Hildegunde Artmeier, geb. 1964, diplomierte Fremdsprachenkorrespondentin und studierte Biologin, heute freie Schriftstellerin in Regensburg und Karlsruhe. Schwerpunkt Krimis (Regensburg-Italien-Krimireihe mit der temperamentvollen Privatermittlerin Anna di Santosa, zuletzt *Donauherz*, 2018), zusammen mit Ehemann und Bestsellerautor Wolfgang Burger auch Thriller (*Gleißender Tod*, 2019), ihr gemeinsamer Kurzkrimi in *Makronen, Mistel, Meuchelmord.*
www.burger-artmeier.com

Fabian Borkner, Jahrgang 1976, kam in Rosenheim zur Welt. Die erste Klasse besuchte er jedoch bereits in der Grundschule Schwarzenfeld in der Oberpfalz. Nach dem Abitur ging Borkner mit seiner Gitarre auf die Bühne und begann eine Karriere als Unterhaltungskünstler. Noch heute tritt er als Sänger und Conférencier auf. Auf *Radio Charivari* schrieb und produzierte er die beliebte Comedy-Serie »Mane & Alfons erklären die Welt«, welche vier Jahre erfolgreich täglich lief. Für seine Parodie des bayerischen Ministerpräsidenten erhielt Borkner im Jahr 2014 den begehrten BLM-Hörfunkpreis für die beste Comedy und Unterhaltung. Fabian Borkner lebt mit seiner Frau und seinen beiden Söhnen in Schwandorf.
www.fabianborkner.de

Wolfgang Burger, geboren 1952 im idyllischen Südschwarzwald, lebt und schreibt abwechselnd in Karlsruhe und Regensburg. Er ist Vater dreier inzwischen erwachsener Töchter und seit 1995 schriftstellerisch tätig. Nach einigen satirischen und »kriminellen« Kurzgeschichten erschien 1998 sein erster Kriminalroman *Mordsverkehr*. Inzwischen sind 17 Romane

erschienen, die Gesamtauflage beträgt mehr als 500.000. Drei seiner Romane standen bisher auf der *Spiegel*-Bestsellerliste (*Die dunkle Villa, Tödliche Geliebte* und *Drei Tage im Mai*), und zwei weitere waren für den Friedrich-Glauser-Preis als bester deutschsprachiger Kriminalroman nominiert (2006: *Heidelberger Requiem* und 2013: *Die falsche Frau*). Sein Roman *Heidelberger Requiem* wurde inzwischen auch ins Englische übersetzt. Er ist Mitglied im Verband Deutscher Schriftsteller VS und im SYNDIKAT.
www.wolfgang-burger.de

Markéta Cekanová, geboren 1969 in Pilsen, freie Journalistin und Schriftstellerin. Nach einem Studium an der Fakultät für Maschinentechnik der Westböhmischen Universität arbeitete sie für den Tschechischen Rundfunk, die Tageszeitung *Mladá Fronta Dnes*, das Tschechische Fernsehen und für weitere Medien. Sie schreibt Kurzgeschichten, Märchen für Kinder sowie Sachbücher über berühmte Bauwerke und Persönlichkeiten. Im Jahr 2011 erschien ihr erstes Buch mit kriminalistischer Thematik, eine Sammlung von Geschichten aus der Wendezeit des 19. zum 20. Jahrhundert: *Hříšníci, lumpové a darebáci* (»Sünder, Lumpen und Gauner«). Ein Jahr später folgte die Fortsetzung: *Hříšníci, lumpové a nešťastníci* (»Sünder, Lumpen und Unglücksraben«). In allerjüngster Vergangenheit erschienen zwei ihrer Kriminalerzählungen in dem Buch *Vrahem proti své vůli* (»Mörder wider Willen«).
www.marketacekanova.webnode.cz

Horst Eckert, 1959 in Weiden/Oberpfalz geboren, lebt seit mehr als dreißig Jahren in Düsseldorf. Er studierte Politische Wissenschaft und arbeitete fünfzehn Jahre als Fernsehjour-

nalist. 1995 erschien sein Debüt *Annas Erbe*. Seine Romane gelten als »im besten Sinne komplexe Polizeithriller, die man nicht nur als spannenden Kriminalstoff lesen kann, sondern auch als einen Kommentar zur Zeit« (*Deutschlandfunk*). Sie sind ins Französische, Niederländische und Tschechische übersetzt sowie mehrfach preisgekrönt (u. a. Friedrich-Glauser-Preis 2001 für *Die Zwillingsfalle*, Krimi-Blitz 2012 für *Schwarzer Schwan)*. Zuletzt erschienen die Thriller *Wolfsspinne* (2017), *Der Preis des Todes* (2018); im März 2020 erscheint *Im Namen der Lüge*.
www.horsteckert.de

Lotte Kinskofer wurde in Langquaid (an der Grenze von Niederbayern zur Oberpfalz) geboren, hat in Regensburg das Gymnasium besucht und in München Germanistik, Anglistik und Kommunikationswissenschaften studiert. Sie arbeitete als Journalistin und Redakteurin für verschiedene Zeitungen und schreibt heute als Drehbuchautorin und Buchautorin für Kinder, Jugendliche und Erwachsene.
www.lotte-kinskofer.de

Tessa Korber, studierte Literatur und Geschichte, ist freie Autorin und wurde mit ihren historischen Romanen bekannt. Bei ars vivendi erschienen ihr Kurzkrimiband *Das Leben ist mörderisch* (2010), ihr historischer Kriminalroman *Todesfalter* um Maria Sibylla Merian (2011) sowie der Krimi *Die Saubermänner* (2013). Zudem gab sie die Krimianthologien *Fiese Morde in der Provinz* (2011), *Auf leisen Pfoten kommt der Tod* (2013) und *Weinfrankenmorde* (2019) heraus. Tessa Korber ist Trägerin des Forchheimer Kulturpreises 2010 und lebt in Nürnberg.
www.tessa-korber.de

Raimund A. Mader, geboren 1952 in Bad Tölz, lebt seit vielen Jahren in Eschenbach in der nördlichen Oberpfalz. Er studierte Anglistik und Germanistik in München und in Seattle, Washington. Er ist verheiratet und hat zwei Töchter. Bis August 2017 arbeitete er als Gymnasiallehrer in Weiden, genießt mittlerweile aber die Freuden der Pension. Um nicht dem süßen Nichtstun zu stark zu verfallen, hat er die Leitung der Geschäftsstelle im SYNDIKAT e.V. übernommen.
www.raimundmader.de

Sonja Silberhorn, Jahrgang 1979, ist in Regensburg geboren und aufgewachsen. Sie arbeitete mehrere Jahre in der Hotellerie, unter anderem auf den Kanaren und in Berlin, doch dann überwog die Liebe zu ihrer Heimatstadt. Heute lebt sie dort mit ihrer Familie und schickt seit 2011 Kriminalkommissare und Verbrecher erbarmungslos durchs lokale Krimidickicht.
www.sonja-silberhorn.de

Max Stadler, 1981 in Burglengenfeld zur Welt gekommen, studierte Sinologie und Geschichte an diversen Orten, bis er im Alter von 23 Jahren anfing, skandinavische Romane zu übersetzen. Seither arbeitet er als freier Übersetzer vor allem aus dem Schwedischen, Französischen und Englischen und streut hin und wieder auch Veröffentlichungen aus eigener Feder ein. Er lebt in Berlin. 2014 erschien sein Kriminalroman *Waidwund* bei *ars vivendi.*

Elmar Tannert, 1964 in München geboren, absolvierte ein Studium der Musikwissenschaft und Romanistik. Seit 2003 arbeitet er als freier Schriftsteller sowie u. a. beim Bayeri-

schen Rundfunk. Bei ars vivendi erschienen von ihm *Der Stadtvermesser* (1998), *Keine Nacht, kein Ort* (2002), *Ausgeliefert* (2005), *Ein Satz an Herrn Müller* (2017) und die gemeinsam mit Petra Nacke verfassten Romane *Rache, Engel!* (2008), *Blaulicht* (2010) sowie *Der Mittagsmörder* (2012). 2014 veröffentlichte er gemeinsam mit Martin Droschke und Anders Möhl den Freizeitführer *Bierland Pilsen*, 2016 folgte *33 Biere. Eine Reise durch Franken.*
www.elmar-tannert.de